愿你 历尽沧桑，依旧 温暖善良

xinxinman works

欣欣熳 著

天津出版传媒集团

天津人民出版社

图书在版编目 （ＣＩＰ） 数据

愿你历尽沧桑，依旧温暖善良 / 欣欣熳著. -- 天津:
天津人民出版社, 2018.8（2019.1重印）
ISBN 978-7-201-13869-5

Ⅰ.①愿… Ⅱ.①欣… Ⅲ.①随笔－作品集－中国－
当代 Ⅳ.①I267.1

中国版本图书馆CIP数据核字（2018）第161676号

愿你历尽沧桑，依旧温暖善良
YUAN NI LI JIN CANG SANG，YI JIU WEN NUAN SHAN LIANG

出　　版　天津人民出版社
出 版 人　黄　沛
地　　址　天津市和平区西康路35号康岳大厦
邮政编码　300051
邮购电话　（022）23332469
网　　址　http://www.tjrmcbs.com
电子邮箱　tjrmcbs@126.com

责任编辑　赵　艺

特邀编辑　李　羚

制版印刷　三河市金元印装有限公司
经　　销　新华书店
开　　本　880×1230毫米　1/32
印　　张　9.5
字　　数　150千字
版次印次　2018年8月第1版　2019年1月第2次印刷
定　　价　39.80元

目 录

One / 对不起，
我们没那么熟

Two / 人生没有如果，
只有结果和后果

Three / 有所行动，
才是爱

ONE

对不起，
我们没那么熟

///

生活中总有些人，嘴上总说，是别人想多了，想复杂了。

可是，我能说，是你替自己想多了，替别人想少了吧？

生命太重要，切莫太认真

01

初看这个题目，你会不会以为我写错了？

我们只有一次人生，而生命如此短暂，怎么可以不认真呢？

不，没有，事实上我没有写错。

Life is too important to be taken seriously.（生命太重要，切莫太认真。）

这是 19 世纪英国剧作家王尔德的一句名言。

这句话一直警醒我，特别是在我为生活琐事所累，心情难以平复时，告诉自己不要拘泥于小事。

02

王尔德是聪慧睿智的，而我们很多普通人就未必有这般见识了。

多少人，因为一次失恋或离婚而一蹶不振，陷在感情的泥潭里无法自拔，甚至轻生。抑或走向情感的另一个极端，因爱生恨。

前一段时间，在上海就发生过这样一件事情。

一名男子，因为喜欢一个女生，就直接跑到女生的办公室送玫瑰花。结果，女生没有接受他的爱意，在转身走向自己的办公桌时，该男子拿出长长的匕首，朝女生腹部连捅几刀。

因多个脏器被捅破，女生在送往医院的途中，失血过多，不幸身亡。

本来是一场爱恋，不承想，却葬送了所爱之人的生命，而自己也锒铛入狱。

但凡尊重生命、有点理智的人，都不会做出这等让人心惊胆战的事。

爱情只是生命的一部分，并不是全部。我们需要认真对待爱情，但也要尊重生命。

那种得不到就毁之的心理，错误地理解了爱情，也着实让人害怕。

我们不妨欣赏一下作家张小娴对于爱情的态度：

爱情里最棒的心态就是，我的一切付出都是心甘情愿的，我对此绝口不提。你若投桃报李，我会十分感激；你若无动于衷，我也不会灰心丧气。直到有一天我不愿再这般爱你，那就让我们一别两宽，各生欢喜。

03

面对爱情的不顺意，会失去理智的不只是普通人。

假如生活欺骗了你，不要悲伤，不要心急！忧郁的日子里需要镇静：相信吧，快乐的日子将会来临！心儿永远向往着未来，现在却常是忧郁。一切都是瞬息，一切都将会过去；而那过去了的，就会成为亲切的怀恋。

还记得这首诗吗？俄国诗人普希金的《假如生活欺骗了你》。

然而，他并没有如他的诗中所写的那般镇静。

被普希金揭露过的沙皇专制的卫道士们极其憎恶普希金，于是他们就买通了法国军官丹特士去向普希金的老婆求爱。

普希金的老婆貌美如花，给他生了四个孩子。他们都是他的挚爱之人。

有人给普希金写匿名信，对他进行各种侮辱。他终于被激怒了，为了尊严，他不顾朋友和妻子的劝说，决定与丹特士决斗。

当时在俄国决斗是被禁止的，但沙皇并没有阻止普希金。激怒他、除掉他正中沙皇下怀。

普希金没有意识到他面对的不只是一个情敌，而且是整个黑暗的沙皇政府。他更没有意识到，无论结果如何，等待他的都是一个陷阱。

最终在这场决斗中普希金受了重伤，不治身亡，年仅38岁。俄国文坛上一颗巨星就此陨落。

04

听别人的故事，过自己的人生。

现实生活中的我们，在遇到事情的时候，一样不淡定。

多少人因为别人一句不经意的话而耿耿于怀，轻则破坏了一天的好心情，重则让理智的天平失去平衡，葬送了自己和他人的生命以及前程。

曾经为众人关注的上海复旦大学投毒事件、清华大学朱令事件，等等，起因无非人际关系不和，或有利益冲突等鸡毛蒜皮的小事，但因为一方过于认真计较，便在心里种下了仇恨的种子。

我们扼腕叹息，但于事无补。

05

人生啊，走着走着，你会发现，很多曾经在意的事，过后想来真是不值得一提。而那一刻的你却在为此劳神费力，真是幼稚。

幼时的我，特别在乎得失。那时学校喜欢排名，有时0.5分可能就差了一个或几个名次。所以，老师的一次误判也会让我难过很久，又不好意思因为这 0.5 分去跟老师辩解。

偶尔一次考试失利也会让自己无法斗志昂扬，自信消失殆尽。

有一次数学考试，我们几个女生都没有考好，放学后几个人趴在桌子上哭得稀里哗啦。事隔多年，班主任老师还记得当时的那一幕。

现在想来，那种考试算什么呢？有时间哭，不如擦干眼泪分析分析原因，下次重新考好。

不要说这种小考，就算高考，失败又如何？虽说高考是人生的分水岭，但人生的路还很长，拥有生命，好好活着，谁说人生不能重来？看到有人为此轻生，实在让人痛惜不已。

06

认真是一种生活态度，但过于认真便成了较真，你将无法迈过自己设置的那道坎。

考驾照的时候，有一个科目是倒桩，我还没有上车，心就怦怦直跳，上车后手就开始发抖。好在平时练得好，倒桩顺利通过。

可是在小路考 S 弯的时候，我依然很紧张，结果，S 弯挂了。可奇怪的是，当听到电脑里语音提示"您本次考试不合格"时，我整个人马上放松下来，心跳恢复正常，手也不抖了，非常平静地将车开到了终点。

第二次补考时，我调整了心态，就一次性通过了。

经历过那么多场考试，这种考试算什么呢？可就是因为我过于认真、过于在乎，反而让自己心态失衡，无法正常发挥。

人生有无数次考试或考验，如果你纠结于那无足轻重的 0.5 分、纠结于别人一句不经意的话、纠结于一场感情的失意，你将会在自设的心灵旋涡里挣扎，痛苦不堪，甚至让生命失去光彩。选择放下，反而会让你更轻松自如，走得更远。

想不开、放不下的时候，请对自己说：生命太重要，切莫太认真。

对不起，我们没那么熟

01

刚来上海不久的时候，认识一个房东。夫妻两口子，人都很好，很热心。

可是搬进去不到一周，她先生发短信给我，向我借一千块钱，有急用，并让我不要告诉他老婆，怕有家庭矛盾。

看到短信我很为难，几万没有，一千总是有的吧。一千没有，几百总是有的吧。不借的话不是打别人的脸吗？抬头不见低头见的。

正当我想答应他的时候，我跟同事随口说了房东要跟我借钱的事儿。同事诧异地说:"你不是刚搬进去吗?你跟他很熟吗?为什么不能让他老婆知道?他老婆不知道,那你以后这钱怎么要回来?"

同事一连串的疑问让我清醒了。是的,我们真的没那么熟啊!

后来,我不得不找了个借口搪塞过去。跟他老婆熟悉后我才知道,房东喜欢打麻将,经常输钱,跟认识的人都借遍了。他老婆还叮嘱我,如果他向我借,千万不要借,他没有钱还的。

我唏嘘不已。并未提及他曾跟我借钱的事。

02

曾经在一个同行的群里认识一个自己创业的男人。因为是同行,所以平时聊的自然是公司业务方面的事。后来,互加了QQ。熟悉了一段时间后,他说哪天见面聊聊。我同意了。

一天下班后,他便打车来到我们约好的咖啡馆。闲谈中,他跟我讲述了他的创业史,还有他的梦想。说起当年创业都是跟朋友赊账买原料、借钱租办公室等经历,他很感激朋友对他的信任,也表达了对公司目前经营状况的担忧。听别人的创业史也好,梦想也罢,对我的人生都是一种激励,一种学习。

虽然只有一面之缘,但以后的日子里他几乎每天给我发信息,跟我说工作上的事,或者谈谈生活,甚至说一些特别体贴的话。一度我差点以为这个男人爱上我了。

终于有一天，QQ 屏幕跳出了他的信息，说要向我借几万块钱公司需要周转一下，没有钱进货了。

我真是无话可说！他一个老板，要向我一个小职员借钱进货？再说，我刚来上海不久，收入也不高呀！而且，我们只有一面之缘，还只是网友关系，我们没那么熟。

我委婉地说了自己的难处，他自然也没有办法。自那以后，我们聊天就少了，我也开始有意疏远他。但每逢过节还能收到他群发的信息。

去年他建了一个微信群，用于同行间的交流，本来也是件好事，看看别人在做什么，或许能打开自己的思路。

我本来以为他不会再跟我谈钱了。可是某天早上，他又向我发来借钱的信息，并说会按一定的利息给我（具体数目不记得了，但比银行高点）。

事实上，我连他现在长什么样子都不记得了。当我告诉他我也正缺钱时，他回复说那晚喝多了，发错了。

我在心里跟他说，我们真的不熟呀！

再后来，我发现他把我移出了群。

03

闺蜜跟我说，前不久她认识了一位上海男生，单身，某外贸公司销售，英语专业，对她有好感，但未曾见过面。当他得知她平时工作也会用英语时，晚上跟她进行了差不多 30 分钟的英语聊天。

闺蜜对他印象还不错，觉得他是一个上进、做事认真的人。

男生坦言自己不会做饭，父母住得比较远，平时自己一个人只能凑合着吃。于是，那天周日，他便邀闺蜜去他家，给自己做饭，作为交换，他可以教她打球。

听到这里，我有些惊愕了。

第一次见面，就贸然去一个男人家，给他做饭，这不太好吧。我不赞成她这么做，毕竟他们不熟悉。于是，闺蜜借故说，周日有安排。他便邀请她周一下班后前往。

想到他可能没有明白她的真实想法，于是，闺蜜不得已跟他说了自己的顾虑，他却不以为然。

可能因为这个原因，他们有一段时间没有联系。

某个周末中午，男生得知她在家时，问她是否自己做饭。得到肯定的答案后便提出中午来她家看她。那时已经是上午 11 点了（他们相距 15 分钟左右的车程）。想来，他是要来看看她的手艺吧。被闺蜜婉拒后，他还认为她想得太复杂，他只是想来坐坐，有何不可？

如果是我，真想跟他说：先生，你觉得别人复杂，你也不简单啊！你们没那么熟不是吗？第一次见面，如果你真有诚意，不就是提前一天约个地点，然后见面一杯咖啡或一顿饭的事吗？

04

生活中有些人，嘴上总说是别人想多了，想复杂了。可是，我能说，是你替自己想多了，替别人想少了吧？

曾在一篇文章里读到，别不好意思拒绝，那些好意思让你为难的人，本身就不是什么好人。真是不能再赞同了！更何况，让你为难的人，你们并不熟啊！

那些人与人之间的信任，不只是靠语言，更多的是靠行动慢慢建立起来的。

相识不到一周，就向对方借钱；只是网友关系，有过一面之缘，开口就借几万；初次见面，就要女生来帮自己做饭……所有的这些如果发生在老朋友之间，或者确立了关系的男女朋友之间，那么我们是可以理解的，也是很正常的事情。但是，在那样的情况下提出来，我只想说：对不起，我们没那么熟。

其实生活中这样的事情只要换位思考一下就不难理解了。

如果是你，你会借钱给一个相识不到一周的人吗？或者，一个网友？如果你有一个女儿，你愿意她初次见面就去给一个男人做饭吗？或者晚上下班后去他家吗？在跟别人提要求之前，请如此这样问自己。

对于那些平时并不熟，只有用到你，感觉你对他有利时，才跟你"熟"的人，如果涉及金钱或其他利害关系，我们还是要多替自己着想才好。不要因为自己的不好意思，而让自己叫苦不迭。或许，他正是利用跟你的"不熟"来达到自己的目的（比如，那个房东）。

当然，如果是一些举手之劳，能帮别人的我们还是要帮的。如果是好朋友，自然另当别论。

什么样的人，才是真正的朋友

这是一个"朋友"泛滥的时代。

很多人，把点头之交或仅有一面之缘的人都称作"朋友"。或许，对某些人来说，"朋友"只是场面上的客套话。

那在你心里，什么样的人才算是朋友呢？于我而言，朋友是这样的：

1. 朋友是那个及时点醒你的人

《论语》讲"君子以文会友"。

在写稿的这段日子里，我也结识了很多志同道合的朋友。

这几天，大家都在讨论要不要迎合某些读者口味去写一些带点

“颜色”的文章。因为，这种类型的文章似乎比较容易博眼球，阅读量很高。

我开玩笑说，我也要去写。

这时，一个朋友马上过来跟我说：“熳熳，你千万不要为了迎合部分人去改变文风。文随心动。经常写，会影响你的本心。那种类型的文章虽然阅读量高，但也有不利的方面。”

我说，好，我不写。

过了一会儿，另一个朋友又跑过来跟我说：“熳熳，你不要去写这样的文章，写多了会出事的，对你不好。写文章是一个长期积累的过程，不要为了迎合市场或某些人的需求写作，为了阅读量或粉丝数而改变初心。”

其实，我只是不经意地那么一说。但他们当真了，并及时提醒了我。那种关切让我很感动，也很感恩。虽然只是提醒，但备感温暖！

2. 朋友是那个永远支持你的人

真正的朋友不一定会锦上添花，但一定会雪中送炭！

那个在你困难的时候、在你需要帮助的时候支持你的人，要好好珍惜。

曾经，我用业余时间兼职做过一段时间微商，卖给同住的女生G 姑娘过一些小东西。

不管我卖什么，她都会在我这里订购。她说：“我跟谁买都是买，为什么不跟你买呢？你卖的这些东西，刚好我有需要啊！"

其实我知道，有些产品对她而言是可有可无的。甚至看到我的工作热情时，她还会发红包鼓励我坚持下去。你见过跟你买东西，还发红包让你坚持的人吗？

另一个好朋友 X 姑娘也是如此。她身边有很多资源，她穿的用的品位都很高，但是，她还是愿意跟我订货。我甚至知道，有些相似产品，她的进货渠道比我的成本价还要低。但是，她就是这样默默支持我、鼓励我！

如今，我已经不做微商了，但这段经历让我真切感受到了朋友的温暖。在我需要的时候，他们宁可自己吃点小亏，也要拉我一把，给我最大的信心、支持和鼓励。

3. 朋友是那个愿意被你麻烦的人

我胃不好。有段时间工作很辛苦，常常加班。因为没有得到很好调理，我常常胃痛难忍。

听说面食养胃，那年夏天，我吃了一个月的面条。可即便这样，我还是好几次半夜疼醒，生怕自己得了什么不治之症。那段时间，我吃什么都不消化，喝牛奶胃都会胀痛。

不得已，我决定去做胃镜。

听说做胃镜很痛苦，我很害怕。于是，我选择了无痛胃镜。所谓无痛，就是用麻药。

医生叮嘱我，要有家人陪伴。我本以为又不是什么大手术，要什么家人陪伴呢？更何况，父母不在上海，不在我身边，我如何让家人陪伴呢？为了不让他们担心，我甚至没有告诉他们我身体不舒服。

我只好给 M 姑娘打电话。那时，她正在跟客户开电话会议。

确认过我的所在位置，她便对我说："我马上过来！"

用了麻药，人很快就失去了知觉，仿佛睡了一觉。当我醒来，M 已在我身边照看着我了。那一幕，我至今记忆犹新。

我愧疚地说："不好意思，耽误你上班了。"

她微笑着对我说：**"傻瓜，好朋友就是用来麻烦的啊！"**

当时我就哭了。如果我是男生，那一刻我一定会爱上她。

生命中的人来来往往，走着走着就散了。但有一些人却会一直都在。

虽然，因为工作、生活的压力，平时并不一定常联系，但你一个电话、一声问候，他就在那里，感情就在那里。

真正的朋友，不怕你麻烦，他担心的是你遇到麻烦的时候没有去"麻烦"他。这样的朋友，要用一辈子去珍惜。

4. 另一种朋友，最暖心

还有一种朋友，可能跟上面提到的都不一样。

虽然，他不一定能帮你什么忙，但一直在你身边，在你转身就能看到的地方。

不知道你是否听过这样一则故事：

小猫和小猪是好朋友，有一天小猫不小心掉进了一个大坑里。坑很深。小猫让小猪扔条绳子下来，结果，小猪把整捆扔了下去。

小猫说："你应该扔一头啊，要不怎么拉我上去？"结果，小猪跳下坑，拿着绳子的一头，说："喏，现在可以了。"小猫哭了，哭得很幸福。

你的生命中可曾有过这样的朋友，或许他不那么有钱，也没有什么社会地位，甚至也不那么聪明。但是，在你困难的时候，他愿意为你做任何事。

这样的朋友，暖心。

结束语

我不知道如何去准确地定义朋友。

但我知道他一定是一个心里有你的人，一个不会为了一己私利而不顾你感受的人，一个愿意关心你、支持你，希望你快乐的人。

我们都应该珍惜生命中这些在乎自己的人，并努力成为这样的人。

你可能误解了"高情商"

"情商"这个词，感觉被用坏了。

每个人都在从不同的角度诠释着高情商。有人说，高情商就是好好说话；有人说，高情商就是能控制好情绪；有人说，高情商就是站在对方的立场思考问题；等等。总之，拥有高情商的人，就是社交场上的宠儿，有了高情商，仿佛就有了一切。所以，很多人拼命追求"高情商"，更有很多人以"高情商"自诩。

无疑，真正高情商的人在人际交往中都能比较好地处理与他人的关系，给自己和他人的工作、生活带来了很多便利。但是，有些人的所谓"高情商"却在舒服自己的同时伤害到了别人的感情。

02

简是一个大二的女生，她的室友小Ａ活泼可爱，跟她关系很好。在简眼里，小Ａ是一个高情商的女生，只要扎到人堆里，总能在很短的时间里跟大家混熟。

大二下学期，简找了一份兼职工作，渐渐认识了一些新朋友。周末，简去打工的时候就会把她的好友小Ａ带着。渐渐地，简发现她身边的朋友一个个都跟小Ａ亲近起来，简却似乎成了一个局外人。

简有些苦恼，小Ａ安慰她："你要是活泼些、开朗些就好了，就像我一样。"没错，小Ａ无论走到哪里，跟谁都能侃侃而谈，那自信的样子真是美极了。简对小Ａ的提醒很是感激。

某日，简去洗手间，发现两个位置都被占了，她便在那里等着站了一会儿，却听到一个熟悉的声音说着她的名字：

"简家里可穷了，学费借的助学贷款，平时的生活费要靠自己打工挣。所以，她性格有些孤僻。她追过的几个男生都不喜欢她，我们宿舍也就我看她可怜，经常照顾她，别的人都不怎么愿意跟她交往……"

听出这个声音是小Ａ时，简的脑袋都要炸了。

没错，我家经济条件是不好，父母年迈，这也是我努力学习、努力打工的原因，可是，你以前不是说佩服这样的我吗？

因为学业和工作，我没有时间谈情说爱，也不想耽误别人的时间，所以才没有跟追过我的男生交往，怎么变成他们嫌弃我了呢？

我跟宿舍的其他同学也会经常一起学习、一起吃饭、一起组织活动，也不需要别人照顾啊。

简越想越气，委屈的泪水一下子涌了上来。

她不是气自己没有一个好的出身，不是气自己没有男友的陪伴，不是气工作伙伴对她的冷落，她气的是，那个她百般信任的人，那个她满怀感激的人，那个她走到哪里都愿意介绍给大家的人，那个被她视为知己、视为朋友的人，背后对她的背叛和奚落。

简走出了洗手间，打算等她们出来再进去。

泪痕还在。小 A 关切地问她怎么了，是不是哪里不舒服。简挤了挤脸上的笑容，说没什么，早上没吃饭，胃有点不舒服，便走开了。

此后的简在小 A 面前还跟往常一样，静静地做一个听众。说实在的，宿舍里也就只有简对她有这么好的耐心了。

简从来没有跟小 A 提起过那次她在洗手间里听到的她跟别人的谈话，就当什么都没有发生一样，但她也知道，她再也不会在小 A 面前袒露自己的脆弱和心事了。而小 A 对她的所谓鼓励，她也只是听听而已。

她再也不羡慕这个曾经被她视为"高情商"的女生了，甚至她"高情商"的样子也让她觉得恶心。

03

很多时候，那些真正能伤害到你的不是平日里与你唇枪舌剑的人，也不是与你据理力争、寸步不让的人，更不是对你爱理不理的人，而是那些看起来与你情趣一致、三观一致、相见恨晚的人。

他们看起来热情洋溢，知你所想，懂你所思，每一句话都轻轻地落在你的心里。从此，你相信他，把他视为知己。

萱毕业多年，要不是为了筹划即将到来的同学聚会，还真不知道初中同学小美跟她在同一座城市。想起学生时代朝夕相处的小伙伴，萱有些激动。一个电话，她们就约在了一家餐厅。

"萱，多年没见，你真是越来越有女人味了。你这个发型我很喜欢。"刚落座，小美就呈上了赞美之词。

"在大城市里生活就是不一样，真的，从眼界到审美。你看咱们那些在县城里的同学，那发型还真是有些土，毕竟那是个小地方。"

小美开始点评其他小伙伴。

"还有那个涛，我当年真不知道看上他哪里了，现在他大腹便便，简直没法看。"

"虽然上学时大家关系都挺好的，但是现在思维方式真的不一样，共同语言也少了很多。那次跟娟提到理财的事，她一句'我们是穷人，没财可理'就把我噎得没话说了。"

"嗯，我觉得哪怕一个月只能存下 100 块，那也要理财。"萱说道。

萱平时话不多，看起来也总是缺少小美的那份热情，这些是她学不来的。要是她有小美那样的社交能力就好了。

"你看，我们就能聊到一块儿去。真好！跟他们聊天真是太没劲了，一个个情商也很低。对了，听说你现在还没有结婚，是不是要求太高了？不过，也别太将就，总不能为了结婚而结婚。"觉得还是老同学懂自己，萱心里有了一丝安慰。

多年未见的两个人相谈甚欢。从发型到理财，到婚姻，到追忆往事，说不完的话题。萱觉得和小美聊天真是太投缘了。

04

转眼到了同学聚会的日子。

小美跟大家热络得很，得体、大方、热情、自信。

晚上，小美和萱一个房间，两个人说些私房话。萱告诉小美，自己有了喜欢的人，却还没有确立关系。说着，把他们的聊天记录给小美看，让她帮忙出主意，看看能不能加快感情的进展。小美还真是给了些自己的想法。

第二天醒来，萱见小美不在房间，有些担心，便走到电话机旁，试图问问其他同学，小美是不是去了他们那里。

小美的手机亮着，刚好放在电话机旁，她和涛的微信聊天赫然跃入萱的眼中："那个老姑娘到现在还没结婚，真是奇怪。她现在还睡着，你别过来了，我去你那里吧。"

她说我是老姑娘！她说我是个奇怪的老姑娘！

萱呆立在那里，泪流满面。

我把你当成我最好的朋友，跟你掏心掏肺，你却说我是嫁不出去的老姑娘！我在你眼里那么不堪，你又何必装得亲密无间！

在我面前，你嫌弃涛的大腹便便、没思想。在他面前还不是让他以为你依旧喜欢他？

呵呵。你动不动把情商放在嘴上，自诩是个情商高手，可你"高情商"的样子真是恶心到我了。这样的情商，不要也罢。

萱努力恢复了平静，就像什么事也没发生一样，也没有把这样的小美告诉同学，只是多了一些思考：到底要做一个怎样的人呢？

05

当我听了简和萱的经历后，内心五味杂陈。自以为情商比天高的人，却在误解着高情商。

所谓高情商，不是八面玲珑，不是当面一套、背后一套，不是见人说人话、见鬼说鬼话。它不是虚情假意地迎合！

高情商需要一颗真诚善良的心，能站在对方的立场思考问题，

不刻薄，不冷漠，不颠倒黑白。

　　高情商是一种自我修行、自我完善，是发自内心地对他人的理解和尊重！

　　不要再误解高情商了，好吗？

一个人的坚强，两个人的脆弱

01

"一只野兽受了伤，它可以自己跑到一个山洞躲起来，然后自己舔舔伤口，自己坚持，可是一旦被嘘寒问暖，它就受不了。"

其实，我们每个人都是如此。

不管是在孩提时代，还是长大成人以后，一个人的时候，无论遇到什么伤痛，我们都会咬牙坚持着。而一旦遇见了那个心疼我们的人，就会在他面前决堤，变得那么脆弱。

我们是那么渴望得到理解、温暖和爱。

有时候看到小朋友们自己一个人玩时，磕磕碰碰，即便有点疼，他们可能也就忍了，然后像没事一样接着玩。而此时的父母如果在身边，他们就要哭开了。哭，是孩子用来引起大家关注和疼爱的方式。

上次邻居家的小朋友和奶奶来上海，本来一个人玩得好好的，后来，小区里的另一个小孩抢了她的玩具，她怎么要也要不回来。

奶奶说，借给那个哥哥玩一会儿吧。她死活不同意，然后就哭了。奶奶安慰了她两句，也没见好。妈妈听到哭声，问她怎么了。这个时候，她哭得更凶了。

奶奶小声说，在老家，只要稍微安慰两句就好了，在妈妈跟前，她就哭得厉害，怎么哄也哄不好。

我莞尔。

其实，我们小时候不也这样吗？现在长大了也一样，**总是会在爱自己的人面前袒露自己的软弱，以期获得更多的爱与呵护。这是一种幸福的感觉！**

前阵子同事拔了颗牙齿，发炎了，肿了半张脸。有过牙痛经历的人都知道，那滋味不好受，冷的、热的、酸的、辣的，都不能碰。

但牙痛也不是什么大毛病，不至于请假，所以她每天都会肿着半张脸来公司。一日三餐，以粥为生。

下班的时候，我们一起下楼，看到她男友来接她。见面，就听她男友说："好点没有啊？"然后伸手轻轻摸了摸她那半张脸，左看看右看看："怎么还是那么肿啊？好像还有点发烫啊。给你配的药吃了没啊？"

她嘟着嘴说："嗯，吃了，没见效。今天又只是喝粥，还很忙，一会儿就饿了。"说着，她竟吧嗒吧嗒地掉了眼泪。

"好了，好了，别哭了，回去给你炖点银耳汤吧，总喝粥也不行啊。"

"嗯。"同事像只温柔的小猫咪一样，乖乖地点点头。明明看到她眼角的泪痕还在，嘴角却已上扬。

跟他们作别，我们便转身往各自回家的路走去。

我一边走一边心想，平时在办公室可以一个人扛水放到饮水机上的女汉子，原来在爱的人面前，也可以有如此柔弱的一面。

我转身，望着他们渐行渐远的背影，看到同事挽着男友的样子，不禁感叹：**其实幸福真的很简单，就是在你脆弱的时候，有个人可以心疼你，懂得你女汉子的外表下有一颗需要被温暖的心。他不需要你外表的坚强，而是希望你在他的面前可以卸下所有的铠甲，因为，他就是你的铠甲。**

其实，无论小孩还是女人，他们都只会在爱他们的人面前表现脆弱。如果他感觉不到你的疼爱，是不会撒娇或展现自己柔弱的一面的。

就像有人说：如果不坚强，软弱给谁看？读来，总是有那么一点心酸、一点心疼。

对于一个不爱你的人，你的撒娇、柔弱就是矫情。一个人的时候，你可以扛一桶水，可以拎一袋米，可以风里来雨里去，怎么这点小病小痛就撑不住呢？

他怎么会懂得，你一个人也可以很坚强，只不过，你偶尔的脆弱是想得到他的安慰与温暖啊！

他怎么会懂得，你也希望他能把你当成一个小女人看待啊！

所以，渐渐地，女人体会不到那种被宠爱的感觉，便再也不柔弱了。抑或，她的柔弱展示给了那个把她当孩子宠爱的人。如此，你便永远失去了让她在你面前展示脆弱的机会。

当一个女人愿意在你的面前撒娇或展示自己脆弱的时候，说明她希望你是那个可以疼爱她的人。

相反地，如果她从来不会展示自己的弱小，要么她不那么爱你，要么她还没有感受到你对她的疼爱，她害怕自己的撒娇被别人当成矫情。

05

没有一个人会在不关心自己的人面前撒娇或表现脆弱。

小孩如此，女人如此，男人也是如此。

或许相对小孩和女人，男人给人更多的印象是坚强。他们不能像孩子一样，遇到问题就退缩，或者两手一摊，把所有事情交给父母或女人去解决；他们不能时时抱怨，坚持不住了，也不能掉眼泪，但是，不能否认男人也会有脆弱的一面。

比如，一个人的时候，生病了、感冒了，男人可能跟谁都不会说起，能扛就扛过去了。但是在爱的人面前，他们可能会不时地念叨。不是他们变得孱弱、娇气了，而是他们也渴望被爱的人关心。这种关心让他感觉很幸福！

抑或一个人的时候，事业不顺利，男人可能找个哥们儿喝点小酒排解一下心里的压力，然后就过去了，生活该怎样还怎样。但是，如果有一个他深爱的女人，他可能会在她面前念叨。不是男人变瘘了，而是男人也渴望有安全感，渴望在他不顺利的时候女人也依然坚定地爱他，即便说一句"没事，我相信你，我永远支持你"，也会给他无穷的力量。

06

一个人，没有脆弱的权利。

两个人，你还在时刻保持坚强，那便是你爱错了人。

想来，生命中总有那个可以让你偶尔袒露脆弱的人，又何尝不是一种幸福？

愿你拥有这样的幸福！

远离心中没有爱的人

01

年前，大学同学跟我说，她弟弟小周在上海，没有女朋友，谈过几次恋爱，没有一次超过半年的。她有些着急，让我帮忙看看有没有合适的小姑娘，给弟弟介绍介绍。

同学发来一张照片，小伙子长得还不错，很健硕的样子。同学说，弟弟身高178cm，国内某知名大学硕士，外企工作，收入尚可。

这么有颜又有才华的男生，倒追的妹子应该不少吧，怎么会沦落到让我给介绍呢？磨不过同学的唠叨，我还是答应帮忙问问。

于是我把他的照片和个人情况发到校友群里，小学妹私聊我时说，她觉得还不错，想了解一下。

在得知小周也有意彼此了解后，我便交换了二人的微信，让他们自己交往。

谈恋爱这种事，我觉得还是要靠自己的感觉，两个人是否有共同的话题、性格是否合适、在一起是否开心等等。这些不是外人能感知的。再说，大家都是成年人，应该知道自己想要什么样的人以及如何跟对方相处。所以，我也没有多过问。

02

一段时间后，我问起小学妹进展如何。她哭丧着脸跟我说："熳熳姐，他长得挺帅，英语也很棒，我一般对这样的男人比较没有抵抗力，我就是喜欢这样的男生。可是，我发现，这两个月来，都是我在主动，他对我始终爱答不理的，我想放弃了。"

怎么会这样呢？明明小周对小学妹也是有好感的啊。

"你对我小学妹要是没感觉，就直接跟她说吧，别爱答不理的。"我终于忍不住，还是说了小周一句。

"没不理她啊。你想让我怎么理呢？"

"你以前有过喜欢的女生吗？你是怎么关心她们的呢？"

"我都是找主动关心我、对我好的。"

一句话，说得我没办法接下去了："谁先主动不是那么重要，但你也不能一直让女生主动啊。"

"我对谁都这样啊。"

好吧，终于把我说得哑口无言了。

03

没错，他真是对谁都这样。

小周春节没回家，我同学不放心，让我有空的时候去看望一下。从老家回上海后，我拿着一些吃的准备给他送过去。去之前，我把每样东西都拍照发给他，万一有不要的，省得我拎过去再拎回来。

"赤豆粽子不要，不好吃，粽子只有肉的才好吃；腊肠和土鸡蛋可以有；啊，那个脆饼图片看起来不错，我喜欢，多多益善啊……"

在约好时间后，他今天改明天，明天改后天。我差点要发火了，姐姐我也不是天天没事干的啊！最后，在我的威逼利诱之下，总算见了一面。但是，**他连一句谢谢都没有**，相反还表现出很不耐烦的样子，说了句："**东西又不是很多，至于生气吗？**"

我险些被气炸了。虽然带的东西不是很多，也不是很值钱，可怎么说也是我从老家大老远拎回来的，是我的一番心意啊！

后来，听同学说，她弟弟从小受父母宠爱，父母去世后，他跟哥哥、姐姐也不怎么亲近。他们很想他，希望他每年能回去看看，毕竟他们就这一个弟弟啊。

可是在小周的眼里，有父母的家才是家，哥哥、姐姐的家怎么能跟父母的家比呢？日渐疏远。现在的他们变得越来越陌生。如果哥哥、姐姐不主动找他，他也从不主动跟他们联系。春节宁可一个人留在上海，假期宁可出国旅行，都不回老家一趟。

是的，这个世界上哪有一个家能跟有父母的家相比呢？哪怕到了 80 岁，我们都还是父母眼里的"孩子"。他们永远呵护我们，包容我们，宠爱我们。

可是，**在没有父母的日子里，兄弟姐妹不就是我们最亲的人吗？**

现在很多人虽然面临生活的各种压力，但还坚持生二胎，不就是希望有一天，在自己离开这个世界的时候，自己的孩子不孤单吗？

小周的姐姐每次跟我提起弟弟时都几度哽咽，为什么弟弟就不能跟自己亲近些呢？弟弟好像也没有什么要好的同学或朋友。

04

说到朋友，我曾问小周跟同事关系怎么样，这一问把他堵在心里许久的话一下子都宣泄出来了。

"跟那些烂人在一起，每天烦死了。"

小周有个同事怀孕两个月，工作没有先前积极了。"你说，怀孕两个月，文件夹就拿不动了，**这架子大的，我给满分！** 哼，如果我是领导，早把这些人开了"。

从小周嘴里听到这些话，我有些诧异。同事自然有不对的地方，但也不至于因为这些小事而动怒，伤了同事间的和气。

我想起了我曾经考研的日子。

临近考试，为了能挤出一些时间学习，我把学习资料带到了公司。一位同事知道后，主动帮我承担了一些事情，让我得空好好复习。当时我特别感动，真的。他说："没事的，你忙自己的事吧，这点小事情，我帮你做好了。"

我把这件事说给小周听，让他不要在小事上跟同事计较。如果只是拿个文件夹这样的小事，你作为一个男人，拿一下也不会累着，顺便说一句调侃的话，比如：来来来，文件夹我拿，你现在可是国家级保护动物。说不定一句笑话就缓和了同事间的关系，让工作氛围变得轻松愉悦些，对自己也不是什么坏事。

本以为他会自省，没想到，他却给我一段长长的沉默和一个大大的惊讶表情。

显然，他没有领会我所说的，对我的话表示很无语。

坦白说，每次跟他聊天，我都觉得很压抑，一言不合，就发过来一个省略号，然后不说话了，沟通很辛苦。如果不是因为同学的原因，我真的有些懒得理他。更何况是与他朝夕相处的同事？

因为跟同事关系不和谐，连年会小周都没有参加。这真是让我大跌眼镜。他的解释是："我不去，省得碍他们的眼。"似乎跟他关系不和谐的不是一个两个，几乎所有人都和他闹得很僵。

虽然没去年会，但有个同事把他拉进了同事的红包群，大家叫嚷着让他发红包。这下更是把他激怒了："凭什么要我发红包？真是恶心！"

当一个人的心里没有爱的时候，他觉得谁都是恶意的。

在我眼里，那个拉他入群的同事或许是好心，想让他合群一些，借着发红包拉近跟同事的距离。没想到，却被他解读成恶意的行为。一个红包能有多少钱？在过年这样的日子，大家发红包无非也就图个乐呵。发个红包穷不了，抢到个红包也富不了，只为跟大家一起开开心心而已。

可我觉得，我要是再多解释，小周就要把我视为跟他同事一伙的了。

05

有时候，我觉得小周很可怜。一个亲情、友情、爱情都很淡薄的人，一个心里没有爱的人，在这世界踽踽独行，是多么不容易。而要找到一个合适自己的人，这就更难了。

因为心中没有爱，他会把对方的主动视为理所当然。

因为心中没有爱，他只会以自我为中心，只懂索取，不懂感恩。

因为心中没有爱，他内心不够柔软，处处恶意揣测他人，自然也没有包容心。

因为心中没有爱，他永远体会不到真正的快乐！

心中没有爱的人，看到的整个世界都是冷漠的！因为他们的心是如此贫瘠！和这样的人生活在一起，还有什么幸福可言呢？

所以，当小学妹决定放弃的时候，我抱以支持的态度。

和这样的男人在一起，除了无止境地付出外，别想感受到他的点滴温暖。除非你内心足够强大，强大到不在乎他是否关心你、在意你，强大到数年如一日，无怨无悔。

　　人生的路还很长，帅和才华根本无法撑起生活的细碎，所以，比起这些，和一个心中有爱的人在一起，你才会变得越来越有爱，内心越来越丰盈，生活充满力量和希望！

增强自我修复能力，是一生的必修课

01

那天在看一位自媒体大咖 M 老师的文章时，才知道她生病了——宫颈癌前病变。

但通篇看下来，我为之震撼的竟然不是她的病症，而是她面对病症时积极乐观的态度。

她的先生，前年得了肾病，肾脏一直在萎缩，得靠药物维持。现在自己的身体状况也不容乐观，这需要多么强大的内心才能撑起脸上的笑容，撑起那个酷酷的乐观的人设啊！

对于 M 老师，我不想过多评价，有很多人喜欢她，自然也有很多人骂她、黑她。

人总是不完美的，无论被喜欢还是不被喜欢，都是件很正常的事。如果别人身上的某一闪光点足够感染你，能给你积极的力量，让你变得越来越好，那就可以了。

一个在疾病面前积极乐观的人，在我看来，是内心强大的，是值得敬佩的。因为我知道，这样的事，如果发生在我身上，我做不到如此淡然。

一个人无论有什么样的境遇，都能始终让自己保持快乐，是一种很了不起的能力！

02

在读 M 老师的文字的时候，她的积极乐观让我想起了我的一位挚友 Y。

跟 M 老师一样，Y 也是一位射手座女生，整天一副没心没肺的样子。我曾经在文章里写过关于她的种种。

她有过一段婚姻。离婚后又得了红斑狼疮，几近失去生命。我目睹她从一个瘦弱的小女人变成了一个被激素药催化的胖圆脸女人，曾经古灵精怪又性感的她突然间像是被充了气一样。也因为激素药，她唇上长出了长长的唇毛。

每次见她，都让我几度哽咽。可她自己却像个没事人一样笑笑，安慰我说，没事，等药量减了就好。

破碎的婚姻和可怕的病痛并没有摧毁她的意志，她依然保持着那份可贵的乐观，保持那份感恩，感恩上天让她最终活了下来。她说，只要一息尚存，就有重新开始的希望。

现在她的身体渐渐好转，本来由于股骨头坏死连站立都困难，现在几乎与常人无异，可以正常行走。

因为身体不好，她曾有放弃再婚的打算。可就在前几天，她跟我说，她要结婚了。

什么？这么大的事，竟然从来没有跟我提起。她乐呵呵地说，我是第一个知道的人，因为这是她刚刚做的决定。

那个男人与她同岁。孩提时代，爱她这件事就像一粒种子在男人心里生了根，发了芽。可Y明确告诉他，他不是她喜欢的类型。男人曾到过Y所在的城市，却一直不敢再次表白，他觉得自己配不上Y，最后黯然离开。

后来，两个人各自有了家庭，又都因为种种原因相继离婚。或许是上天想再次给他们走到一起的机会。

当男人听说Y身体状况不佳时，依然没有放弃爱她的决心。他曾以为Y不肯再婚是因为病痛让她不能有正常的夫妻生活，于是他说："就算没有夫妻生活，我也要跟你在一起，我想好好照顾你。"

男人银行卡的密码、手机密码都是Y的生日。为了说服Y，男人开始做她家人的工作。只要能在Y身边，永远照顾她，他别无所求。因为，Y是他一生的梦想。

终于，Y 被他打动了。

作为朋友，能有这样一个男人在 Y 的身边，给她一世安稳，护她一生安好，我很欣慰。

如今，男人搬到了 Y 所在的城市，打算与 Y 一起奋斗。

Y 打趣说："生活本想'调戏'我，没想到，我却把生活'调戏'了。"

身体越来越健康，幸福越来越靠近，事业也渐渐走上正轨。Y 硬是把别人眼里的不幸和各种不如意都化解成前进的动力。从来没有丝毫的抱怨，更没有丝毫的放弃。积极乐观，让自己变好，让自己变美，是她一生矢志不渝的事。即便在需要拄着拐杖才能前行的日子里，她也不忘给自己化一个精致的妆容、一个大大的微笑，从来不会因为自己是一个病人、一个离婚的人，就跟身边的人抱怨。

03

张爱玲说，生命是一袭华美的袍，上面爬满了虱子。

无论谁的人生，放大了看，都不完美。

我们看到的微笑背后，又有怎样不为人知的辛酸？

我的一位朋友曾经在 QQ 空间里写过一句话：人生不如意事十之八九，何苦撞得头破血流，还是学会笑对生活吧。

原来，那段时间，她正经历着婚变的痛苦折磨。好在后来，一切转危为安。

曾经在我不快乐的时候，我问自己，我为什么不快乐？没有过硬的学历？没有可观的收入？没有遇见彼此相爱的人？其实这些都不是不快乐的原因。

我曾经为自己没有考入理想的大学而耿耿于怀，觉得那是我一生的遗憾。但在我研究生毕业，实现了梦想后，并没有发现自己的快乐指数提升多少。我的前任男友，也是研究生毕业、高校老师，却患有严重的抑郁症。所以，把快乐建立在学历之上，就是个笑话！

快乐的人，就算没有高学历、没有工作、没有恋人，也依然很快乐！因为快乐是一种内心的选择，只有内心强大的人才值得拥有。

曾经我的同事因为她所在项目结束，被公司临时解雇，我本想安慰她几句，没想到她像没事人一样，看起来反而比我还轻松。我问她有什么打算，她乐呵呵地说，去旅行一个月再说。结果，她把广东、海南玩了个遍，又回老家待了一星期才回上海不紧不慢地找工作。

去年，我在 QQ 上遇到她，问她近况，她说："**挺好的，不然还让生活玩了咱不成？我的生活由我掌控，它可以虐待我，但我就得好好过，非要气死它不可，甭想把我弄得灰头土脸的。**"

她在旅行时遇到了一位在中国某大学执教的美国人，也就是她现在的先生。如今，他们已经有了可爱的宝宝，夫妻恩爱。

她就是这样一位不会被任何的不如意影响到心情的人。就算平时工作中出现了差错，被老板训斥了，也丝毫不影响她在办公室里谈笑风生地继续工作。

自我修复能力强的人，不是不会痛，不是不会伤心难过，只是他们不会让任何不快在自己身上蔓延。他们会尽快调整，准备重新上路！

04

没有谁的人生总是一帆风顺的。

商场上叱咤风云的董明珠小姐不是也曾经历过丧夫之痛吗？儿子两岁，丈夫病逝。数年后，她只身一人南下珠海，加入格力，一路冲杀，成就了自己在商界的传奇。

可谱写传奇的人也有可能遭受各种重创。比如，格力收购银隆的议案被股东大会否决，董小姐被免去格力集团董事长职务，等等。

谁料想，之后不久，董小姐个人又联合了万达集团、京东集团和中集集团等投资了珠海银隆。

人生啊，就是无数个起起伏伏。无论生活怎样对待你，都要告诉自己，我要笑着再坚持一会儿。

有人说，没在深夜里痛哭过的人不足以谈人生，但总在深夜里痛哭的人，一定过不好这一生。

一个整日自怨自艾的人、一个自我修复能力很弱的人，时间都用在了抱怨和消耗自己身上，又有多少精力重新开始呢？

请记得，要收获幸福，收获成功，一定要增强自我修复能力！

不给别人希望，才是最大的善良

01

同事小天跟我说，她等了半年多的那个男人（叫他 Q 先生吧），最近有了女朋友，他们刚刚旅游回来。

半年前，小天认识了 Q 先生。两人见面后，小天对 Q 先生印象很好，Q 先生干净、斯文、有学识、有修养、特别风趣幽默，还很体贴。在小天的眼里，他是一个很完美的男人。

Q 先生也主动告诉小天，觉得她是个不错的姑娘，跟她在一起很开心。只是，他目前还在湖南分公司工作，差不多要到 4 月才能回上海。

难得遇见彼此都喜欢的人，小天决定等他，不就半年时间吗？坚持一下就过去了。

Q 先生在湖南的日子里，他们时常用 QQ 聊天。每次，我们都看到小天对着电脑屏幕，笑得很幸福的样子。

但他们也仅仅是聊天，每个重要的节日，Q 先生对小天都没有任何特别的表示，没有电话，甚至没有特别的祝福。小天惴惴不安：这个男人到底喜不喜欢我？

在我们的"怂恿"下，小天鼓足勇气问了他，并表示，如果觉得不合适，就不要勉强。

Q 先生很肯定地说，当然喜欢啊，他觉得他们很聊得来，也很合适。

转眼到了 Q 先生回上海的日子。

那天，Q 先生跟往常一样跟小天聊着 QQ。他告诉小天，亲戚给他介绍了女朋友，他也没办法。以后，他们还可以是朋友。

小天觉得自己的心像是被撕裂了一样疼痛，半年多的等待换来的只是对他而言一个可有可无的朋友。

有些人就是那样，以看似善良、美好的方式给人希望，然后满怀深情地、万般无奈地跟你告别，留下你独自疗伤。

想来，不给别人希望，才是最大的善良！

02

认识一个学妹，她就是一个不给别人希望的人。

她看起来比实际年纪小很多，曾经有几个比她小五六岁的男生喜欢过她。

每次遇到比她小很多的男生追她的时候，她都表现得很冷漠。是的，就是那么高冷。

有次，我问她："你为什么要摆出一副拒人于千里之外的样子？"

她的回答到现在我都记得："我不能接受比我小很多的男生，如果他觉得有希望，就会在我身上耗费时间，而因此错失良缘，那样会让我很愧疚！"

有一次，她把一个男生的 QQ 删了，对方找不到她。后来，男生找到了她的另一种联系方式，对她说："你好残忍。"

她说："如果我无法报答他的深情，让他空等待，在我看来才是最大的残忍！一边享受着对方的温情付出，一边无法在心里接受对方，那才是最大的不善良！"

是的，这个世界，有些人，以貌似善良的方式做着残忍的事；而有些人，则以残忍的方式，做着善良的事。

03

其实，我是一个很固执的人，不够圆滑。但比起圆滑，我更愿意以自己的方式善良着。

有一次，邻居家的姐姐让我帮忙问问公司里是否招人，若有招人计划，她想让她女儿来我们公司上班。那时，公司很多项目已经撤走，公司也准备搬迁。公司正处于裁员时期，怎么可能招人呢？

我当即跟邻居姐姐说，公司现在不招人。姐姐快快地走了。

母亲说我性子太直了，容易得罪人。

事后反思母亲的话，我也承认，自己的讲话方式有待改进。但我是真不想给她希望，又让她失望，然后错过其他的好机会。

如果我不那么直接，似乎就是在给对方希望。而我明明知道是没有结果的，为什么要让别人空等待？

很多时候，我们没有得到对方 100% 的拒绝，就会心存希望。人总是有依赖心理和侥幸心理的，只要有退路，就不会全力以赴、另辟蹊径。所以，**我不愿意让别人去做没有意义的等待。这是我以为的善良**（不过以后，我会注意兼顾善良和别人的感受，听妈妈的话）。

04

《欢乐颂》里安迪得知自己的精神病发病率是 46.3% 时，果断地与奇点提出分手，尽管她是爱他的。不管奇点怎么联系她，她都拒接电话。

就算在她遇到刘思明昏迷事件，承受着巨大心理压力的时候，她也没有找奇点寻求安慰。是的，她不想给他机会，不想让他看到希望。

或许，对奇点和她身边的人来说，她都太残忍了。但是，我看到了她的善良！她不愿意自己爱的人终日生活在不安之中，所以，选择了暂时痛苦。

这个世界有一种善良，叫不给别人希望！

或许你会懂！

比"我爱你"更甜蜜的三个字

01

有个姑娘问我，什么是爱情？我想，一千个人会有一千个答案吧。

曾经，我在一篇文章中说：如果一个人爱你就不会凡事跟你计较，更不会整天跟你借钱，而是总想为你付出，给你最好的；如果一个人爱你，就不会轻易承诺，一旦承诺就会想尽办法去兑现；如果一个人爱你，就会很乐意让你融入他的生活，带你见他的朋友家人；等等。

是的，爱一个人会有很多很多表现，但还有很重要的一点，那就是愿意娶你。

虽然一个愿意娶你的人并不一定是因为爱你，但一个不愿意娶你的人，一定没有那么爱你。

或许，他为你做过很多令你感动的事，说过很多让你感动的话，但是，他就是不愿意娶你，那他就是不够爱你。亲爱的，好好想想，如果他那么爱你，为什么一提结婚就尿了？而且理由一大堆，什么问题都出来了。

02

依依就是这样，遇到了一个口口声声说爱她，却没有娶她的男人。

依依认识他时，他还是单身，只是后来听说一直有个女孩子在倒追他。但他似乎对那个女孩并没有兴趣，甚至有些讨厌。

依依是一个有学历、有能力、有身材、有长相的姑娘，无论站在哪里，都能让别人眼前一亮。

相识不久后，男人便开始追求依依。开始时，依依没有往心里去，只是跟他保持着正常的工作往来。即便男人经常给她打电话，主动邀请她出去玩，依依也找借口推辞了。

但是，这并没有让男人放弃。时间久了，依依渐渐发现他是个不错的男人，便试着跟他交往。

两个月后的一天，男人告诉依依，他公司出了点状况，他要回趟老家。回去后没几天，男人说为了让公司起死回生，他必须跟那个倒追他的女孩结婚。

　　婚后，男人便把那个女孩（应该称为妻子）带到身边，但时常不给她好脸色看。相反，他对依依却温柔有加。女人不是傻子，当他妻子知道依依的存在后，便经常跟男人吵闹。

　　男人跟依依解释，他现在不能离婚，否则他的事业就垮了。但他保证，等公司运转良好后就离婚。于他而言，这场婚姻只是一个形式，他让依依等他。

　　作为弥补，男人经常给依依买很多东西，甚至把银行卡给依依，就算依依不要，他也会硬塞给她。

　　好强的依依虽然没有动过卡里的一分钱，但她还是被这个男人感动了。她发现，她爱上了他，她开始有了占有他的欲望。

　　依依开始吃醋，争吵。男人说，他对不起她，当初不应该因为公司而跟别人随便领结婚证，他让依依给他时间证明他对她的感情。为了能留住依依，男人在她面前哭泣，甚至下跪道歉。

　　看着自己爱的人跟别人同床共枕，依依很痛苦。可女人都是很敏感的，依依发现男人对妻子已经没有当初那么反感了。

　　依依提出了分手，毕竟，他已经是有妇之夫。可是，从感情上来说，她很不舍。在她看来，她之所以输给他的妻子，是因为她不够有经济实力，没有办法解决男人经济上的困境。

03

当一个女人爱上一个男人的时候，能想到的就是与他同甘共苦，为他排忧解难。我想，此刻的依依也是这样吧。她恨自己帮不了他，为此，她深深自责。

可是，亲爱的，你知道吗？一个男人如果真的爱你，他只会想着如何给你更好的生活。

不要自责自己没有经济条件，不能给他物质上的支持，那些和妻子白手起家的男人多了，为什么他不可以？

以前看《咱们结婚吧》，其中果然跟桃子求婚时的一段台词打动了多少人："这是我买的车，就停在外面。这是我工资卡，里面有五万。这是摄影奖金，里面有五万四。这是我那房产证，买的时候四千一平方米，现在三万五，一百二十三平方米，我愿意在房产证上加上你的名字。这是我的全部，归你。我请求你做我的妻子，我孩子的妈。"

哪怕一个嘴笨的男人不会说"我爱你"，但在面对结婚这件事情上，他绝不含糊。他若爱你，就想让你成为他的合法妻子。

一个男人若是爱你，不会娶别的女人来让你伤心难过，因为他舍不得你难过啊。那么爱你的他，所有的努力，不就是想要给你幸福吗？

说来，还是他太过功利，他爱物质胜过爱你，他对名利的欲望胜过对你的欲望啊。

梁凤仪在《什么是爱情》里说,**爱情就是在有选择的情况下,仍然选择对方,肯为爱对方而牺牲自己的利益,甚而是生命。**

我们不需要他牺牲生命,不需要"You jump, I jump"的那种生死相依。但是,我们至少需要他在面对利益时,最终选择的是你。

不要说什么迫不得已,提到结婚就尿的男人就是没有那么爱你。

04

那些动不动把"不在乎天长地久,只在乎曾经拥有"挂在嘴边的人,也是因为没有遇到真正爱的人吧。**在我看来,爱一个人,就是要想着天长地久的。**

爱她,就是要让她陪伴在身边,用婚姻给她一辈子的承诺。哪有守着另一个女人跟你告白的道理?如果这都能接受,那你也找个人结婚,然后对他说,你爱的人是他,如此,他能接受吗?

当然,这只是打个比方而已。

我想说的是,爱情就是占有,容不得分享。爱她,就给她婚姻的承诺。

那些动不动以各种理由,比如以地区差异、年龄差异、收入差异、学历差异等为借口不愿娶你的人,都是因为不够爱。

亲爱的,一千句"我爱你"都抵不上一句"嫁给我"。他可能跟很多人说过"我爱你",可他只会跟一个人说"嫁给我"。"嫁给我"远比"我爱你"更甜蜜。

人生没有如果，
只有结果和后果

///

这个世界从来不缺努力，更不缺表演努力的人，

唯独缺的，是脚踏实地，用成绩征服大众的人。

你离成功只差了一个早起

01

先给大家讲个关于纳粹德国元首阿道夫·希特勒的故事。

据说，希特勒是个安眠药不离身的人（在英美合作的著名影片《史上最大战》里也有介绍）。

二战时期，那次最大的海上登陆作战——法国诺曼底登陆战役，发生在 1944 年 6 月 6 日**早晨 6 点 30 分**。以美国为核心的联合军队决定在这一时间登陆诺曼底。实际上，希特勒军队在**凌晨 5 点 30 分**就收到了这一情报。

但是，因为希特勒是"夜晚型人"，他在凌晨 4 点刚服下安眠药，与情人爱娃·布劳恩进入梦乡。

在这危急时刻，还是没人敢去叫醒这个靠安眠药入眠的人，直到上午 10 点。

最后的结果大家都知道，纳粹德国在诺曼底登陆战役中惨败。

这段历史内幕让人深思。如果希特勒不是"夜晚型人"，相反地，他如果是"早晨型"的人呢？或许，历史将会改写。然而，历史没有"如果"，我们的人生也没有"如果"。

我想说的是，有的时候，你的人生可能就差在一个习惯上。

02

日本畅销书作家中岛孝志先生是日本早起研究、工作效率研究、时间管理研究第一人。他通过一万份调查研究报告得出结论：**相比夜晚型人，早晨型人的日常生活更充实、更幸福**。

为什么呢？

他在《早晨型人更容易成功！》这本书中总结了"早晨型人"具有的优势，比如：

工作和学习都能提前展开；即使因为事故而中断，也能随后争取到时间予以补救；"早晨第一个"约见最容易成功；不用遭受上班高峰；熬夜会损害健康；早晨的电视节目更具学习性（晚上的节目多为娱乐性）；早晨起床较早，则一天时间相对较长；早晨效率高；等等。

基于以上"早晨型人"的种种优势，他们能够奇迹般地高效工作、高效学习，甚至高效赚钱。

03

似乎成功人士都有早起的习惯，我们来看一下名人的早起时间或工作时间：

苹果CEO蒂姆·库克每天4:30就起床，整理公司邮件，5:00便出现在健身房；

思科CTO伍丝丽通常4:30起床处理邮件，8:30前抵达办公室；

李嘉诚先生5:59起床；

……

我看过很多关于成功人士早起的故事，他们都会在6:30之前起床。

你有没有发现，"早起型"家庭一般比"晚起型"家庭更和谐呢？

"晚起型"家庭的夫妻之间，经常会因为一方痴迷游戏、夜生活、应酬，而影响双方感情。

生物学家克里斯托弗·兰德尔曾研究发现，**"早起型人"更具充沛精力，更能明确自己的长期目标，并更有把握实现这些目标。**

04

那如何做到早起并养成习惯呢？

（1）设定闹钟，并把它放在离床稍远的位置承认吧，每天唤醒我们的依然是闹钟，不是梦想。所以，每晚睡觉前还是要设定好自己预想的时间，且每天固定。这样形成规律后，每天这个点就会醒了。

设定闹钟后，请把闹钟放在你需要起身才能关掉的地方。**注意，一定是要你起身才能关掉的地方哦。**

我为了让自己在6:30起床，就把闹钟放在需要走几步才够得着的地方。一般，你在被窝里会觉得困，等你爬起来走几步的时候，睡意差不多就没有了。

（2）障碍最小化

一件事情的障碍越小，你越有可能去做它。比如，我们总是喜欢做自己成绩好的那门科目的作业，越是不好的科目越不愿去碰；比如，相对异地恋，同城恋更容易维持；等等。同理，要想早起，也要提前扫清障碍，让早起变得更容易些。

比如，冬天的早晨，被窝外太冷了，你计划6:30起床，那你就把闹钟设在6:15，把空调遥控器放在手边，15分钟后，房间差不多暖和了，你再起来。

比如，你前一天晚上把第二天要穿的衣服、袜子放在手边，你随手就可以够到的地方。

（3）榜样的影响

如果你喜欢某位成功人士，比如李嘉诚、俞敏洪，你就把他们的作息时间写下来，放在闹钟旁，这样，你关闹钟的时候就会看到。

比你成功、比你牛的人都起来了，你还有什么理由继续睡下去？

在记事本首页，我记录了俞敏洪的作息时间表：6:30 起床，然后跑步 1~2km；工作 16~18 小时；24:00 睡觉。

如果你想 6:00 起床，你就记录李嘉诚的，他 5:59 起床。

如果你想 5:00 起床，你就记录科比的，或者陈鲁豫的。科比需要每天 4:00 爬起来训练。而陈鲁豫则曾在无数个凌晨 4:00 赶往演播室，准备 7:00 的《早间新闻》直播。

（4）远离舒适区

建议你的床不要过于舒服，太舒服的床，会让你 24 小时都在床上度过。在不影响睡眠的前提下，床差不多就可以了。

以前上学的时候，有同学把床弄得特别舒服，早上愣是不想起来，晚上一回来就想与床黏在一起。所以，逃课睡觉成了家常便饭。

（5）制订计划

你有没有问过自己，我早起是为了什么？我早早起来干什么？

如果你起来无所事事，早起自然是没有动力的，也没有意义。

所以，每天给自己列一个待办事项清单，或固定好自己起床后要做的事是非常有必要的。

比如，你早起后，是听一个小时英语、阅读、跑半个小时步、写一篇文章、做一顿丰盛的早餐，还是别的什么呢？

你只有想好自己要做什么，想到有这么多事等着你去完成，你自然才会早起。

所以，你最好提前订好计划，且要详细。比如，我打算听写一篇英语文章，那就先定好听写哪篇、多长时间内把它听完、打算达到一个什么效果。目标明确，效果才会明显。比如，我想阅读，我就把要读的书放在书桌上，里面夹着书签，是我上次阅读的地方，另外还有一张红色的分页纸，是我明天早晨要完成的目标。

那些成功的人，他们不是第二天醒来才拍着脑袋想早上起来要干什么的，而是前一天就想好了。甚至，他们已形成习惯，不用想，早上要做的事早已固定。

（6）给自己动力和奖励

有句话是，"无利不起早"。如果早起能给你带来巨大收益，比如，早起一天给你一千、一万，甚至十万元，你会早起吗？多数人会的。所以，你做不到早起，还是动力不够，诱惑不够。

想想早起给自己带来的益处，并想象自己仿佛已经做到了，比如：身体比以前更挺拔、更健硕了；英语可以流利表达了，还找了位帅帅的美国男友；文章已经发表多篇了，那本刚出版的书已经售罄了，找你合作的人络绎不绝……Fake it until you make it！（想象自己已经做到，直到你真正做到为止。）

另外，如果你今天早起了，就给自己一份奖励吧！比如，吃一份自己想吃很久的蛋糕。

给自己动力和奖励，让自己坚持下去。

（7）与志同道合者同行

一个人走得快，一群人走得远。

你可以找一个想早起的同伴。你们可以轮流给对方每天一个唤醒服务。这样，看到伙伴都起来了，自己就不好意思再睡了。

现在，我约了文友北苏每天早上打卡，效果还不错。

（8）早睡

如果你每天晚上睡前玩游戏、刷手机，迟迟不睡，过了正常睡觉的点，早上自然也就起不来。即便起来了，也是精神萎靡，做事没有效率。所以，保证早起的前提是早睡。

05

我不认为成功可以复制，因为每个人都有不一样的出身和经历、不一样的想法和性格。

但是我认为成功者所拥有的好习惯，我们是可以养成的，比如早起。

如果你正迷茫，如果你对当前的处境并不满意，不妨从早起这个习惯开始改变自己。

每天精神饱满地工作、生活，不错过每一个清晨，不辜负每一缕阳光。

如此，甚好！

勇敢行动，是减少恐惧的唯一办法

01

曾经读过一个鼠的故事。因为它怕猫，神仙就把它变成了猫。可猫又害怕狗，于是神仙又把它变成了狗。狗怕老虎，结果它又变成了老虎。变成老虎后，它又害怕猎人。最后，神仙把它变回了老鼠。

这不只是一个故事，因为故事中我看到了我们自己，那个遇到问题就逃避的自己，那个害怕失败不愿尝试的自己，抑或那个浅尝辄止的自己。

因为害怕，我们一味地给自己找借口，以此来掩饰自己的胆小、懦弱，无法拥有自己想要的生活。

因为害怕遭到拒绝，面对喜欢的人，我们不敢开口表白，宁可遗憾终身；因为害怕遭到他人嘲笑，我们不敢坚持自己的立场，宁可随波逐流；因为害怕承担责任，我们拒绝成长，宁可平庸一生。

我们永远在害怕着，躲在自己搭建的壁垒里，一边羡慕着他人，一边哀叹着命运，却不做出任何改变。

02

怕的清单，永无止境。我们逃避、找借口、抱怨，无法扮演好生命中的任何一个角色，无节制地宽恕当下的自己。

小的时候，抱怨父母、老师对你管教过于严苛，动不动耳提面命，你渴望长大。为人父母了，你抱怨孩子不懂事，时不时惹是生非，总是与你对着干，突然觉得管教别人也是件辛苦的事，还不如让别人管来得轻松。

学生时代，你抱怨学习负担重。成年后，你抱怨生活成本高、社会压力大，在这座快节奏的城市生存很难。没房没车，不要说找男（女）女朋友，那点微薄的工资付完每个月的房租后，只能紧巴巴地养活自己。你好想回到学生时代，回到那个只用负责学业的校园生活。

当员工的时候，你抱怨工作太辛苦、太单调、总加班、工资低，还要看领导脸色，觉得自己当老板就好了；终于你决定创业了，当老板后，你又开始抱怨员工不够忠诚，工作不够卖力，生意那么难做，还成天想着加工资。

亲爱的，看到了吗？你跟那只老鼠有什么区别？你无法驾驭当下的自己。

03

曾经看到过一句话，我很喜欢这句话：怕什么，反正你不可能活着离开这个世界。

我们赤手空拳来到人世间，也终将会赤手空拳离开这个世界。所以，不必害怕失去什么，你所害怕的也未必会发生。

我出身于江苏农村一个并不富裕的家庭，上大学之前走得最远的地方就是我们市。高中毕业后，我要独自一人去千里之外的北方求学，每次听说那里社会治安不好，母亲就会很担心。

人对未知的世界充满着好奇，却又充满着恐惧。而减少恐惧的唯一办法就是去做、去了解。

我别无选择。那一年，我只身一人去了那座北方的城市。一路上，先前担心的事一件都没有发生，相反地，还得到了一些陌生人的帮助。我永远记得那一天，我突破自己的心理障碍，顺利抵达终点，有说不出的激动。我看到了不一样的世界，不一样的自己。

04

或许你也听过许巍的故事。

1968 年，许巍出生在西安，过着跟常人一样按部就班的生活，直到 1986 年。那一年，他放弃了高考，离家出走，开始寻求他的音乐梦想。如果那一刻他害怕了、迟疑了，或许今天我们就失去了一位优秀的歌者。

正如他在《生活不止眼前的苟且》里所唱的：生活不止眼前的苟且，还有诗和远方的田野，你赤手空拳来到人世间，为找到那片海不顾一切。

真的，你不必害怕。生命中纵然有无数个万一，你要因为那个并未发生的万一、那个假设的万一裹足不前吗？

生命如此短暂，宁可做错了后悔，也不要错过了而遗憾。亲爱的，不要害怕，请大步向前！生命只有干出来的精彩，没有等出来的辉煌。

害怕的时候，请对自己说：怕什么，反正我不可能活着离开这个世界。

如何成为一个很厉害的人？

01

在微信朋友圈读到这样一句话：**你不需要很厉害才能开始，但你需要开始才会很厉害。**

是的，你所看到的所谓厉害的人，他们在开始的时候并不一定厉害，只不过，当他变得很厉害时，才为人所知。

所以，你要问我，如何成为一个很厉害的人呢？我的回答是，找准目标，现在开始。

02

不知道大家对"清华神厨"张立勇是否熟悉，是否听说过关于他的报道。他曾经是清华大学某食堂的一名厨师。因为利用工作时间自学英语，托福考了630分（当时满分677分），比很多清华学生还要高，而被大家所知。

他先后出版过《英语神厨》《坚持的力量》《刷牙英语——习惯的力量》等作品，并被评为"中国十大杰出学习青年"，有五百多家国内外主流媒体采访报道过他的事迹，全国各大、中、小学邀请他去做演讲，甚至还受到了国家领导人的接见。

如今，他在北京有了自己的工作室，并担任各种教育协会的理事，多所学校的课外辅导员、顾问、名誉校长。

你觉得他很厉害吗？

他当时家境贫寒，高二读了一个月便辍学打工。但是，他从未放弃过学习，特别是英语。他每天4点多起床，每天坚持学习七八个小时，常常学习到晚上一两点。

或许，你的起点比他还高，为什么他可以开始，而你不行呢？

03

　　我的中学同学，叫他 S 先生吧，现任某知名集团分公司总经理，是我的中学同学中目前职位最高的。他也被就读过的学校选入名人堂，成为学校的荣光。

　　很多人也觉得他很厉害。

　　在他未满 30 岁的时候，就做到了这家集团分公司的总经理职务，在集团内也是不多见的。

　　而事实上，他也只有大专学历，还是一所很普通的大专。

　　没有高学历、没有名校背景的他，当年也是从最底层的一线员工做起，任劳任怨。别人休息的时候，却是他最忙的时候。没有周末，没有节假日！

　　如今，就算他做到总经理级别，也依然早出晚归。依然没有周末，没有节假日！别人进入梦乡的时候，他还在公司开会，商讨项目方案。别人陪家人度假郊游的时候，他还在努力，甚至亲临一线，聆听顾客的心声。

　　或许，你的学历比他高，学校比他的有名气。但是，这也可能会成为你眼高手低的原因，成为你开始的障碍。

　　没有人生来就是厉害的，我们唯一可以做的就是现在开始，着眼自己的目标，狠狠地去努力。

成为很厉害的人，在我看来，真的没有什么捷径。如果有，那就是比别人早发现自己的优势、自己的特点、自己适合的行业。然而，这也需要自己开始努力起来，在做的过程中才能逐渐发现。

许嵩，这位"80 后"流行歌手，原本是学医的。但他发现自己对音乐有强烈的热爱，便利用业余时间进行创作，保持一个月一首作品的习惯。

在他录制完人生第一张唱片的时候，没有唱片公司帮他做推广，仅有小部分媒体和歌迷凭个人喜好帮他推荐和宣传，才让他的这张专辑为多数人所知。

如今，很多唱片公司老板看到了他的价值，纷纷找他签约。这位词、曲、制作人全揽的实力歌手终于得到了认可。

他很厉害，对不对？

但是，你也看到了，他并不是一开始就很厉害的。

我认识一个女生，现在的她是一个兼职英语翻译。就在这个月初，她负责翻译的一本书通过了审核，已经进入封面制作阶段。

她在公司翻译的资料，在老板看来比海归译的还要完美。

没错，她就是这么厉害！

你知道吗？当年，她大学英语四级考了四次才险过！

或许，你的基础比她还要好些，而你为什么没有成为那个厉害的人呢？

因为工作的需要，她觉得有必要把英语补回来。于是，不管每天上班多累，她都坚持用业余时间进行汉译英或英译汉的练习。虽然刚开始很难，要花费很多时间和精力，但译着译着，就越来越觉得轻松。经过两年多的努力，她终于有了今天的成绩。

很多人都有学好英语的梦想，唯一缺少的就是执行力。

06

不管你有多么宏伟的目标，无论如何，你都要先开始。

比如，你想成为一个写作很厉害的人，那你最好现在就开始写起来。在写的过程中，发现自己的优势和劣势；在写的过程中，找到适合自己的风格。

无论如何，你都要开始，你要先写起来。

其他事情亦然！

没做出任何成绩前，就不要炫耀你的努力

01

周末，大立说要请大家吃饭，地点是一家海鲜馆。我们几个如期而至。

席间，听朋友说大立已经升为总监了，我惊讶不已，怎么从没听他提起过？

大立从来不屑炫耀他的努力。翻他的微信朋友圈，不见他的任何打卡，甚至读书、加班、出差这样的记录都没有。

公司里有些新人把大立神化了，也有人说他后台很硬，年纪轻轻就能坐到这个位置全靠他那个在市里当领导的舅舅。

对于这些，大立自然是一笑置之，我们也知道并非如此。大立的父母都是普通的工薪阶层，也没有什么当领导的亲戚。

出于好奇，我问大立是如何在相对短的时间里做到这些的。

他笑笑，淡淡地说："在这个世界上，哪有那么多从天而降的成功啊？你看到的成绩不过是我一天天努力的结果。"

大立只有大专学历，在他们公司，大专是非常不起眼的，而且他读的专业跟工作并不十分对口，刚工作的几年为了更快地适应工作，他买了很多书恶补，常常看书到很晚；一开始，大立口才不好，PPT做得也不行，演讲时总磕磕绊绊，后来他报了线上课程，一有空就泡论坛，上台前在家里对着镜子试讲几遍，从语速到手势，讲到满意为止。他会给自己设定一个闹钟，连续五次讲完，闹钟刚好响为合格。

渐渐地，大立的业务能力和表达能力在公司里有了一定的影响力，领导开始注意到了他，算是在公司里站稳了脚跟。为了弥补学历的不足，他又自学本科，两年前已经拿到了学位。如果有机会，他还打算用周末时间去读一个管理学硕士。

从主管到部门经理，再到现在的总监，其中的艰辛只有自己知道。有时候为了搞定一个客户，他连睡觉都不敢睡得很沉，只要手机一响，他立马从床上坐起来。那段时间，他甚至怀疑自己得了手机幻听症。

很多时候，他觉得自己快坚持不下去了。可每一次他都对自己说，把这个搞定就轻松了。就是这样一次次地安慰自己，鼓励自己，困难像一个个山丘一样被他跨越，他在公司的地位开始凸显出来。

大立讲自己的经历总是那么云淡风轻，于我，字字铿锵有力。

"怎么从来没有听你提起过这些？"我问。

"唉，有什么好提的？起点比别人低，就要加倍努力，这是自己之前欠下的债，当然要自己来还。跟朋友抱怨并不能让我更接近目标，还可能分散我的注意力，有那个时间，不如自己一鼓作气完成了。"

02

大立的话，我表示赞成。

当一个人动不动就叫嚣自己有多努力时，大抵都做得不够好。他不过是在表演努力而已，真正努力的人从来都是不露痕迹的。

昨天加班的时候，小敏发来一个视频，点开一看，是她在公园里录制的，见她一边拿着手机，一边对着镜头喊："我要努力，我要减肥。"

看样子，她在跑步。

这是她第五次跟我说要减肥了。

为了减肥，她一会儿要求我骑车在她前面带着她跑；一会儿让我跟她一起跑；一会儿说天冷要办健身卡；一会儿又说不跑了，敷中药见效快。

每次减肥，她不是在微信朋友圈里昭告天下，就是拍照片或视频给我，证明她在努力。

有一天晚饭后跑步，她发了张图片，配以"打卡、上班"的文字。她阿姨疑惑地问："这么晚，上的是什么班？"不到五分钟，她回复："不是上班，是跑步打卡。"类似的回复，她半个小时内发了三个，顺带着还给几个朋友点了赞。

用文字和图片记录生活这没有错，但当自己还没有真正努力，没有一点成果的时候，就对成功宣布主权，提前感受成功的喜悦，期待别人赞赏自己，并不是一个明智的举动。它会让你沉浸在成功提前到来的假象里，看不到现实真正的样子。

当小敏第五次跟我说她要减肥的时候，坦白说，我连给她加油的力气都没有了。因为前四次，为了监督她减肥，我比她还努力。所以这一次，我只回答了她一个字：哦。

不是我不愿意支持她，只是我实在不能接受她炫耀努力的方式，或者，自己还没怎么使劲，却要身边的人给你全力以赴地加油。

"引擎"安装在你身上，别人怎么呐喊，都不能从真正意义上帮助到你。与其等着别人来呐喊助威，不如自己铆足劲，一脚油门踩下去。

03

这个世界从来不缺努力，更不缺表演努力的人，唯独缺的，是脚踏实地，用成绩征服大众的人。

给自己一个目标，制订可行的计划，然后行动，远比炫耀努力来得踏实。

我认识一位作者，他已出了好几本书，自媒体平台也经营得有声有色，如今自己创业，建立了写作学院以及工作室。他的微课，一周就卖出去了五六万元。

有一些不熟悉他的人羡慕他，也有人恶意揣测他，说他圈钱或炒作，只有熟悉他的人知道他一路走来是多么不容易，他的微课是我所知道的写作课里的良心之作。

曾经做生意，他亏空 20 多万元，连电脑都抵了债，硬是靠一部手机码出了几十万字。

他在文章里从来不呼吁早睡早起，因为他自己都做不到。于他，晚上一点睡算是早的，偶尔兴致来了，一连两三天只睡半个晚上的觉。别人都在感叹四点的洛杉矶、四点的北京、四点的上海，可是他却体验过无数个深夜与晨曦。

春节期间，老家下暴雪，停电断网，为了蹭网工作，他走了整整 6 千米路。

每次聊天，我都劝他要爱惜身体，他总说，学员相信他，就不能辜负了他们。在别人听来或许这些是套话，可当你知道他半夜还在给学员写点评，且每个点评字数多达几千字的时候，就会惊讶他有多用心。

这个世界总有人相信你，有人中伤你。面对他人的误解，更多的时候，他选择了沉默。他说，他太忙了，没有时间去一一理会那些闲言碎语，有这时间，不如多看两页书，多改一篇稿子。

是的，**当你为自己喜欢的事而努力的时候，就没有时间为其他无关紧要的事而苦恼了。**

04

亲爱的，任何时候请记得，你是在为自己努力，没有什么可炫耀的。

屡屡喊着"努力"的口号，在手机里刷"辛苦"，反而无法取得一点成效，只会让自己一次次丧失意志力，产生自我怀疑，不如静下心来，专注自己的目标，然后"快、狠、准"地完成它，等到那个时候，再与他人分享你的成果，会更踏实，更自信，更有成就感！

人生没有捷径，只能跟困难死磕

01

Andy 是个程序员，大学的时候，英语四级考了三次才过。有一次他说要准备一场演讲，让我听听讲得怎么样。

我以为他说的是中文演讲，可刚坐下来，他就用英语讲开了。他一边演示着 PPT，一边用英文做出解释。

演讲中夹杂的专业术语我几乎没听懂，但标准的美式发音以及流利程度，让我瞠目结舌。PPT 也是做得极具风格。

全程 20 分钟下来，我带着崇拜的眼神问："大哥，你确定你四级考了三次吗？"

他一本正经地说："对啊，这种丢脸的事，我还能造假啊？"

"可你现在的英语水平，可以去小姑娘面前炫一把了，绝对迷倒一片啊！"我开玩笑说道。

"唉，我这也是硬着头皮死磕的结果啊。上学时以为工作后用不上英语，所以也没有当回事。现在为了突破工作瓶颈，只好逼着自己学习。逼着自己看没字幕的美剧，每天两小时；逼着自己听英文的"播客"；逼着自己看英文原版书籍；逼着自己找老外聊天。不多想，不放弃，坚持去做，终于有了现在的样子！"

他一边说着，一边眼里露出得意又自信的光芒。

"人生没有捷径，唯一的捷径就是死磕。相信我，死磕自己，不放弃，可以改变你的一生！"Andy补充道。

没想到，一个平时看起来漫不经心的人竟然这般励志，让我有些刮目相看了。

02

逃避困难，遇到困难总想绕过去，这是人的天性，没有人喜欢困难。

就像上学的时候，越是成绩好的科目，我们学起来越有劲；越是差的科目，越是不愿去碰。

工作后，越是容易沟通的客户，我们越是喜欢打交道；越是难搞的客户，我们越是想放弃。问题也是如此，小问题立马解决，难的问题能拖多久就拖多久。

如果你想突破工作瓶颈，就不能总是逃避，而是要死磕问题、死磕客户，如此才能实现个人成长和公司利益的最大化。否则，无论是个人还是公司，路只会越走越窄。

因为你总是在挑容易的做，而容易也意味着轻易被取代。

有个做到营销总监的朋友跟我讲过他曾经的经历。

那时他还只是一个销售业务员，刚开始总会收到一些客户的投诉。在遇到问题的时候，他从不找借口开脱，而是耐心地听取客户的意见，与他们深度沟通，把每个客户提出的问题都记录在册，然后找到根源一一解决。

每周、每月他都会回访客户，直到客户满意为止。

他说，他的忠实客户里，70% 以上都是当时的问题客户。因为他不断死磕问题、解决问题，给客户留下了很深的印象，一来二去，不仅没有让客户流失，反而让客户更加忠诚。

公司里，那些遇到问题不是推卸就是敷衍的人，虽然看起来问题没了，但客户的不满其实隐藏着，客户忠诚度远远不如他的客户。

03

每个人都想走捷径，用最少的努力换取最大的成功。

曾经有个学生问我："老师，单词太难背了，有什么办法不用背单词就可以学好英语吗？"

我说，"没有"。

虽然市面上有很多打着"撕掉英语书""轻松学英语"的幌子兜售课程或销售书的，但事实上没有人能不花心思、不花时间就学好英语。

很多人羡慕同声传译。特别是能做到国家领导人的同声传译，真是一件很风光的事，这将意味着，你的声音跟国家领导人的声音同时传向全国，乃至全世界。

可是，在风光的背后，你看不到他们在成长路上付出了多少艰辛和努力。

还记得总理身边的美女翻译张璐吗？

很多人被她流利的口语惊到了。她对总理讲话时引用的古诗词也拿捏得相当准确。每每她的出现，都会成为整个会场的亮点。

可是，又有多少人在意她每天是如何跟英语打交道的呢？

又有多少人知道她每天除了坚持听 BBC、VOA、CNN 等英语频道，做笔记，看《参考消息》和《环球时报》外，常常要加班到晚上一两点呢？

又有多少人知道，她为了准备总理记者会花费了多少时间和精力去钻研总理的那些古诗词翻译，去研究总理近年来的讲话内容，去琢磨记者会的各种刁钻问题，然后一一记录、整理、归纳呢？

我们只看到了她的知性优雅和从容不迫，没有看到她是如何在这条路上不断死磕、不断精进自己的。

冰心说，**成功的花儿，人们只惊羡它现时的明艳，然而当初它的芽儿，浸透了奋斗的泪泉，洒遍了牺牲的血雨。**

04

可是，现在的人越来越不愿死磕了，遇到问题就想放弃，然后告诉自己：我生来不是这块料，我生来做不好这样的事。然后，再换一行从零开始。

没有哪个人生来就是学习好、工作能力强的。

没有哪个人生来就是解决问题的高手，无不是在一次次死磕问题、死磕自己的过程中，渐渐摸索出一些方法，找到解决问题的突破口，让事情变得越来越容易的。

而有些人只想速成。

看到别人减肥一个月瘦 10 斤，他就去健身房猛运动三天，然后称一下，发现没有太大变化，就说："你看我运动了，可是瘦不来，是我的体质跟别人的不一样。"然后该吃肉吃肉，该喝汤喝汤，能坐着不站着，能躺着不坐着。

看到别人一年出两本书，微课一次卖几万元，然后他也拿笔写作，被拒稿后，两手一摊："你看，不是我不努力，是我真的不行。"转身投入打游戏、刷手机、看肥皂剧的行列里。

李笑来老师在《把时间当作朋友》这本书里一针见血地指出为什么很多人总是拿不出成绩、做不出成效。原因就在于，他们只做很容易的事情，而回避那些有难度的工作。

逃避困难，只有一个结果，那就是永远不会有所改变，永远不会成长。

　　真的，人生没有什么捷径，唯一的捷径就是死磕，不轻易放过自己。

有一种成长，叫学会承受委屈

01

《欢乐颂》里的关雎尔明明是帮同事的忙，结果却因为同事的一个错误，让她受到上司的训斥。

她很委屈。明明不是她的错，而且她是帮忙的，凭什么要她承担所有的后果？而且，她写的检查有可能要放到工作档案里，影响到她实习转正。

安迪站在公司和领导的立场帮她分析后，她平静了很多。她没有把时间耗费在如何跟上司解释或一味埋怨上。她按要求写好了检查，并把工作重新梳理了一遍。上司对她很满意。

跟关睢尔一样，曾经，我也遭受过类似的委屈。当老板指责我的时候，我去解释，这不仅没有改变老板对我的态度，反而让他认为我是一个推卸责任的人。后来，再遇到类似的事，我便不再解释了，专心把事情做好，尽量不让他有错可挑。**有的时候，你承认错误的态度比错误本身更重要。**

02

承受委屈并不是职场新人的专利。

人在不同的阶段，都会承受不同的委屈。大人物有大人物的委屈，小人物有小人物的委屈。

《欢乐颂》里的安迪虽然没有工作上的委屈，但她在生活中也曾遇到过委屈。有人设计诬陷她，在网上传播她和奇点的绯闻。

以她的性格，当然会置之不理。但是，舆论压力铺天盖地向她袭来，她没办法开始正常的工作。她不委屈吗？她做错了什么？最后，还是曲筱绡帮她化解了委屈。

这个世界总有人为了达到自己的目的踩着别人的肩膀上位。在那样的情况下，如果没有强大的内心，真会输了自己。

03

写文章就没有遭受委屈的风险吗？

很多作者都经历过委屈。当读者曲解他们的意思时，他们都以自己的方式处理或消化了。

在我写稿的日子里，个别文章在某些平台也会被一些人曲解，甚至遭到意见相左的人抨击。

就像夫妻之间、男女朋友之间讲三观一样，其实，作者与读者之间也是要讲三观的。

不一样的出身、不一样的经历、不一样的视野，造就了不一样的认知。我们不可能要求每一个人都能体会到你的立场。自然，我们也有无法体会到别人感受的时候。

想来，这些小委屈算得了什么呢？它左右不了你的职场，更左右不了你的人生。而你如果为此耿耿于怀，无法释放真正的自己，那才是对自己最大的伤害。

04

我深知被人误解的滋味。

在我上初中的时候，有一次写作文，老师把我的文章当范文在班上读了。课间，我听到有个女生散布谣言，说我的文章她在别的地方看到过，我是抄来的。

那一刻，我觉得自己好委屈。晚上回到家一个人偷偷哭了很久，越想越觉得委屈。毕竟人家没有当我面说，我也不可能让她把那篇文章拿出来对质。就算是对质，人家一句"找不到了"，我也无话可说。

然而，社会比学校要复杂得多。你不可能将所有的误会都一一找人去对质、去解释。那将耗费你太多的时间和精力，不值得！

有那个时间和精力，不如放到真正有价值、有意义的事情上。

05

曹可凡曾经采访诗人余光中，问他："李敖先生天天在不同场合找您的碴儿，您从不回应，何故？"

余光中沉吟片刻，答曰："他天天骂我，说明他的生活不能没有我。而我从不搭理，证明我的生活可以没有他。"

余光中先生的这段回答后来成为众人争相传颂的金句。

马云说，"男人的胸怀都是被委屈撑大的"。女人又何尝不是呢？这个世界不会因为你是女人就对你温柔以待。

可是，纵然你有再多的委屈，也要咽下眼泪继续前行。学会承受委屈，是我们成长的第一步。

因为，不管你在人生的哪个阶段，学校也好，职场也罢，就算你功成名就，都有可能受到别人的质疑、误解，甚至谩骂。我们要做的，就是让自己的内心变得强大，学会云淡风轻，然后朝着自己的目标努力前行！

允许不完美，是通往成功的捷径

01

很多人知道丘吉尔是位政治家、历史学家、演说家，但很多人不知道他还是一位画家、作家。

丘吉尔在绘画方面有很深的造诣。他曾赠予马歇尔的油画《廷何瑞的风景》公开拍卖时售价达到61万英镑。

然而，曾经，他却也是一个不知道如何开始，如何下笔的初学者。

那一天，他死死地盯着画布，发着呆，10分钟后，画布上还是一片空白。

是的，跟我们很多人一样，丘吉尔想给自己一个完美的开始，生怕自己的初次涂鸦糟蹋了这洁白的画布。所以，他一直在迟疑，迟疑。

一旁的女画家仿佛看出了他为什么而纠结，为什么迟迟不肯下笔。沉默良久，她拿起丘吉尔的颜料盘，甩向洁白的画布。

丘吉尔惊呆了。所有的颜料，一股脑儿地被泼到了画布上，一片狼藉。

然而，这个举动却反而让丘吉尔放松下来。

不就是一块画布嘛，画得不好又何妨？惨不忍睹又怎样？反正已经这样了，还能变得更坏吗？

丘吉尔反而变得轻松起来，如此，在不完美的状态下开始，无拘无束，任由自己肆意发挥，大胆想象。

一画就是数十年。不完美的开始，随性的创作，让丘吉尔有了风格各异的画风。

这是我在古典老师的一本书里读到的关于丘吉尔的故事。

它告诉我，我们需要的不是完美的开始，而是无所顾忌地去尝试的勇气。

勇气比完美更重要！

02

事实上，没有人是完全准备好了才开始的。

如果现在的你刚刚毕业，刚好心仪已久的公司正在招聘，而你总觉得没有准备好，始终不敢投出那份简历。你告诉自己，等我英语口语没问题了再投吧；等我把证书考完再投吧；等我对这个公司所在的行业了解更多一点再投吧……

你对一个姑娘心生爱慕，可总觉得自己没准备好，默默告诉自己，等自己挣得更多一点再表白吧；等脸上痘痘再少一点再表白吧；等自己减肥成功再表白吧……

你想要培养一个兴趣爱好，完成儿时的一个梦想。可你总觉得没有准备好。等手头的工作不那么忙了再开始吧，等孩子长大些再开始吧，等退休了再开始吧……

所有的机会，都在我们无限期的准备中失去。

03

古典老师说："如果好的开始是成功的一半；那么，坏的开始，等于成功的三分之一。"

真是不能再赞同了。**如果你总想要一个完美的开始，那就永远没有开始。**

有段时间，我停止了更新各平台的文章。有读者给我留言，关切地问，是不是最近太忙，没有时间写文章了，要当心身体。

忙，是我给自己的借口，是你们对我善意的设想，其实真正的原因是我对自己的挑剔。

我不会忙到一天写几百字的时间都没有，不会忙到一周推送一两篇文章的时间都没有。

只要想写，挤挤，时间总是有的。停止更新，有很大一部分原因是我对自己的不满，是的，我太想要一个完美的开始、完美的结局了——从标题到立意，从谋篇到布局。

因为想要完美，所以，能写的就越来越窄。这样做的结果是，我停笔了。更糟糕的结果是，停下了笔，等我再拿起来的时候，竟然不知道如何动笔了。

我选择原谅自己，原谅不完美的自己、不完美的文字。如此，才能放下顾忌，轻松开始，像丘吉尔那样任意涂鸦，在自己思绪的空间任意驰骋。

04

我一次次地告诉自己，生活需要标新立异，需要吸收新鲜的元素，但这并不妨碍我们在一个并不完美的情况下开始。因为害怕不完美，而放弃了开始，才是愚蠢的。

事实上，没有谁的开始是完美的。

新东方成立时只是一个几十人的辅导班；阿里巴巴创业初期只有 18 个人，马云的经营历程被人认为是传销，淘宝无人敢交易；可口可乐第一年只卖了 25 瓶。

……

凭什么你一上来就能写出阅读量持续 10W＋ 的文字，还要求自己篇篇有新意，有文采，有严谨的逻辑性？

你对自己要求太高了！

允许自己不完美，才是通往梦想的捷径。

05

知乎上有人问，年轻的时候最应该注意的事情是什么？

点赞最高的答案是：由于害怕而什么都没有做。

我们到底在害怕什么呢？

无非是害怕失败，害怕不完美，害怕像丘吉尔开始画画时那样弄坏了画布。

可就算弄坏了又怎样呢？

有的时候，就是因为我们太在乎，而给了自己太多的枷锁，错过了很多美好。

顾城有句名言，我极为喜欢：你说，你不爱种花，因为害怕看见花一片片地凋落，所以，为了避免一切结束，你拒绝了所有的开始。

生活中太多的你我，是如此害怕花的凋零而选择了拒绝种花。

从现在开始，学会接受所有的不完美，大胆去做吧。

实力，才是一切

01

刚来上海的时候，我跟闺蜜一起住。

她是某大学硕士毕业，比我早一年来上海。一个工科女生，动手能力特别强。平时书本上学到的知识，她都能活学活用到生活中。跟她一比，我真是弱爆了。

她在某外企从事研发工作，每天写着我看不懂的数据报告。

平日里她早出晚归，有几天我出门时，却见她还在床上。便问她，怎么不去上班。她说，辞职了，想休息几天，再上班。

我问："那你找到下一家公司了吗？"

她诡秘一笑，说道："没有。我就是不想做了，有点累，休息几天再找。"

"裸辞"啊！

我特别钦佩那些敢"裸辞"的人，敢"裸辞"，至少说明心态好，且有实力。而我从来不敢"裸辞"，我承认，我心态没有那么好，重要的是，我实力还没有那么强，强到可以随时辞职，随时可以找到一份理想的工作。

果真，闺蜜休息了一周，就找了一家韩国知名企业。前段时间，她恶补韩文，公司派她去韩国学习一段时间。

02

闺蜜有一套把工作和恋爱相比较的"歪理邪说"。

她认为，找工作就像找对象，你看好的公司，公司未必看好你，就好像你喜欢的男神或女神未必喜欢你。

你不看好的公司，公司却可能倾慕于你，就好像你并不喜欢一个男生或女生，而他／她却对你一见钟情。

去公司面试，就像相亲，你得端庄靓丽、干净利落，给对方留下一个好印象。

双方印象不错，确立工作关系，就好比男女双方确立恋爱关系……

而工作和恋爱有一个区别就是，工作可以将就，而恋爱不可以。

找工作，先生存再发展，你得先有份工作养活自己，如果不行，还可以再换，有试错的机会。

而找对象，一般都是以结婚为目的，相对要慎重得多，我们都崇尚从一而终的婚姻，试错的机会几乎没有。

说得好像挺有道理，我不禁对她顶礼膜拜。

一个人有核心技术，有核心竞争力，是不需要整日看别人脸色的，在公司里也有一定的话语权，不需要过提心吊胆的日子。

当你足够优秀时，就能开心就做，不开心就走人，换一家公司也没有那么难，甚至有猎头整日过来挖你。

核心技术、核心竞争力就是你的铁饭碗！

03

闺蜜的话听起来也有几分道理。

新入职场的人，或工作多年没有核心竞争力的人，你就不要羡慕别人说走就走的洒脱了，除非你家境殷实，可以够你折腾。

否则，你就得放低自己，努力学习公司的技术、管理方法等。

如我在那篇《为什么有些人那么拼命，而不仅仅是努力》里提到的，我的一位同学刚大学毕业时，没有任何背景，从生产车间基层做起。

为了更好地掌握技术，更快地跟进生产进程，他每天没日没夜工作，晚上只用一个纸板箱垫一下，就睡在车间地板上。因为太困太累了，很快就睡着了。

在这家公司做到生产经理后，他又跳槽到几家外企，学习了各种技术。如今，他已经找到了几位合伙人，开始了创业。无论管理，还是技术，他都能独当一面。

要想有实力，就得这般坚持！

04

没有人生来就有实力。

如果你也期待自己做一个这样的人，那就努力提高自己的实力。要想提高实力，需要先提高学习力。

而在学习过程中，并不是所有问题都要通过问别人来解决。有些问题明明可以通过上网搜采就能得到答案，你却天天跑去问同事、问周围的人，你这样能有实力吗？

甚至，我经常在办公室里听到有人大声在问别人，某个单词怎么拼。天啊，你就不能用自己查一下吗？几秒钟可以解决的问题，偏偏要兜一个圈子，扯半天嗓子去解决，有时别人告诉你的还未必对。

你觉得问别人是在节约时间，其实你错了，一方面你得到的信息未必准确、全面、透彻，另一方面，别人在回答你的时候需要放下手中的活儿，停下来思考一下。你在占用别人的时间，别人的时间也是时间啊。

职场，是女人的竞技场

01

春节前夕，我去逛街，打算买点东西再回家。自己正逛得起劲的时候，有人拍了拍我的肩膀，我转身一看，是小英。她左手正挽着一个男生。

"熳熳，真巧，在这儿逛街还能碰到你。"

"是啊，小英，你也来买东西？"

"嗯，今年春节去他家过年，看看有什么可买的。"小英一边说着，一边笑靥如花地朝男生看了看，然后补充道，"他就是乔"。

男生朝我点了下头，示以微笑。

对于乔，我自然是有些印象的。

三年前，小英跟我说，她最近很纠结，总公司派她到上海分公司已经一年左右了，公司有意培养她，下半年会有去欧洲学习的机会，回来后人事上会有新的变动。

可是，在杭州的男朋友乔，让她尽快回去。否则就结束他们的恋爱关系。

左手职场，右手情场，她很难抉择。

其实换了谁都会很纠结、很痛苦。

她问我该怎么办？

在我看来，人在不一样的阶段会有不一样的选择；即便在同一个阶段，也要权衡几方面的因素。

如果你大学刚毕业，在职场上是一张白纸，没有工作经历，没有关系，没有任何背景，到哪里工作都是一样的。在那样的情况下，如果有一个真心对你的人，职场和情场之间，你自然可以多考虑情场。

可小英的情况迥然不同，她在公司有海外学习机会，有晋升发展的空间。

那个叫乔的男友都不问她内心的想法，就强令她回去，甚至以分手相威胁，在我看来总有些欠妥。小英心里也是不痛快。

02

都说男人对女人的态度很大程度上取决于女人自身，如果你软弱可欺，没有主见，就会滋长男人的脾气，让他动不动就居高临下发号施令，渐渐养成凡事听他的习惯，他也会越来越得寸进尺。

或许也是因为小英以前对他太过依赖和顺从了，此刻男友才不由分说地让她回去。

好在一年异地生活的历练，以及身边同事朋友的影响，小英已不再是那个唯男友马首是瞻的小女生了，她开始思考自己的未来，思考自己真正想要的生活，什么才是自己最大的快乐。

与人聊天，有时不过是在梳理自己，压根就不需要别人替自己做决定，小英就是这样。

聊着聊着，她叹了口气说："熳熳，我决定先留在这里，等欧洲学习完回来看情况再说，如果他真的在乎我，应该也不差这一年。要是我发展好了，以后说不定还可以帮到他。要是就这样回去了，一来我不甘心，白忙了这一年；二来，如果就这样回去，男友料定我什么也干不了，认定我是个没主见的人，以后更加会什么事都替我做决定。这不是我想要的。"

"你不怕他跟你分手吗？"

"不怕。如果我变好了，变得优秀又独立了，他凭什么不爱我？就算他不理解，真分了，我相信会有真正懂我、欣赏我的人来爱我。"

对于小英的决定，我双手赞成。

我们只有首先过好自己的生活，有能力掌握自己的生活，才有可能赢得别人的尊重和爱。就像作家李筱懿说的，好姑娘，请先谋生，再谋爱。

如果职场的春天到了，情场的春天还会远吗？

03

小英最终没有回去。

她和男友商定，给她两年的时间，如果公司没有给她学习成长的机会，她就回杭州，然后安心结婚生子；如果发展得不错，就在这里先发展几年，等有一定的基础后，再想办法在一起，毕竟杭州离上海也不远。而且，到时候自己有了一定的价值或筹码，要求调回杭州总公司也会谋到不错的职位，这对他们未来的生活也是有益的。

男友乔觉得小英说得在理，考虑长远，对她倒有些刮目相看了。

很多时候，别人替我们做决定，可能是我们给了对方没主见、没头脑的印象，如此，对方才会让我们顺从他们，按他们的想法来。谁让你自己没有想法呢？

可当你知道自己要什么，自己认定了要做什么的时候，别人反而没有那么霸道了。

小英后来如愿去了海外学习，回来后如愿成为部门主管，男友也从先前的独断专行转而渐渐支持她、鼓励她，有时有事还会找她商量，听听她的看法。这些，是小英以前所不敢想的。

以前乔还会抱怨，现在他则主动跟她说，让她好好工作，别太辛苦。为了让小英多睡会儿，大多数时候，都是乔来上海看望她，给她带好吃的，给她做饭。他们的爱情没有因为小英坚守职场而分崩离析，反而变得越发坚固。

04

努力工作，让自己变得更自信，更有价值，可以让爱情更加有生命力，也可以让自己在情场失意时，有能力拥抱自己，有底气离开不爱你的人。

我的闺蜜 S 姑娘是一个人见人爱的美女，能说一口流利的日语，加上她热情开朗的性格，在哪里都格外引人注目。如果我是男生，我也一定会毫不犹豫地追求她。

但她遇见谁都不为之所动，直到遇见 K。

K 的确是一个很不错的男人，长得帅，又温暖体贴。在 K 面前，S 姑娘永远是个小女生。

在他们相处两年后，S 在我们的祝福下嫁给了 K。那时，我是真心替她高兴。

婚后的生活虽然有一地鸡毛的琐碎，但更多的还是幸福，至少 S 觉得是这样。

然而，幸福的时光总是那么短暂，来不及经历七年之痒，就迫不及待地走向另一个方向了。

那日下班后，S 打算跟 K 商量是否要接受公司去日本培训学习半年的安排，因为她本来计划着这一年备孕生个宝宝的。

没想到，在她开口前，K 说："我有事跟你说。"

K 坦言，他爱上了另一个女人，虽然他还是喜欢 S 的，S 也没有什么不好，只是比起 S，他更爱那个女人而已。

S 诧异地看着眼前这个熟悉又陌生的男人，她不敢相信这样俗套的情节居然落在了自己身上。

S 以为 K 只是身体或精神上出轨了，只要他此后把心收回来就好。没想到，K 坚决要离婚。

没有争吵，S 用了两周的时间来让自己接受这个事实，当自己清醒后，她果断离开了这个不爱自己的人，甚至庆幸他们还没有孩子。当她想到，自己前些天一头热地张罗着要备孕生宝宝，而 K 只是敷衍时，自己当时怎么就没有多想呢？或许，她对他们的关系太信任了，或者是她太乐观了，毕竟，那时他追了她足足两年。

可哪对离婚的夫妻当初不是如胶似漆呢？离就离吧，先前犹豫的事，现在也不用纠结、不用商量了。她如释重负地去了日本。她知道，生活一定会有新的开始。

05

有人说，输不起的时候千万别谈恋爱或结婚。

的确，恋爱也好，婚姻也罢，有时就是一场赌注。不到最后，你永远不知道自己是不是真正的赢家。

所以，任何时候都要努力让自己无论离开了谁，都不会过得很惨。而能让自己有资本输得起的，就是职场上的努力，和对生活的经营。否则，把别人当成全部，把对方当成依托，当情场失意的时候，生活就真的只剩下一地鸡毛了。

还好，小英没有，S姑娘也没有。

—Three—

有所行动，
才是爱

///

爱你的人想跟你有明天。

真诚，才是谈恋爱最大的"套路"

01

有人说，深情总是被辜负，偏偏套路得人心。

喜欢带你去看恐怖片；

每天准时对你说"早安""晚安"，等你习惯后突然没有缘由地消失了；

第一次见面就要拉手，说你就是他要找的人；

假装温柔的眼神，满怀深情地凝望着你；

喜欢叫你宝贝，会吃你吃剩的饭菜；

……

没错，以上种种都是爱情里的"套路"，把你撩得不要不要的。等你爱上他的时候，他便没了兴趣，销声匿迹或对你各种挑剔，然后拍拍屁股走人。

他并不是真的喜欢你，他只是想撩你。

这样的爱情注定不会长久。而真正的恋爱，更重要的是真诚。

真诚，才是谈恋爱最大的套路啊。

02

认识一个帅哥 A 先生，是撩妹高手。只要是他看上的姑娘，几乎没有不被他撩到的。

前两天，他跟我哭诉说，女朋友跟他分手了。我很好奇，一个撩妹高手，也有被分手的时候。

A 先生的女朋友是他学妹，去年 A 先生大学毕业后来上海一家金融公司工作，而女友还在学校。平时工作中，A 先生接触了不少上海妹子。因为女友不在身边，A 先生便蠢蠢欲动，好歹不能让自己的这副好皮囊浪费了。

他看上了身边一个上海妹子，便开启了"撩妹模式"。

对方以为他没有女朋友，便试着跟他交往。毕竟，他不只有颜值，还有一些才华，特别是口才很好。

热情如他，温暖如他，周全如他。他一边安抚着异地女友，一边撩着上海妹子。在一次与上海妹子手拉手逛街的时候，被他的一个校友看到了。

他从来不知道这个校友一直暗恋着他女友，只因颜值不如他高，嘴巴又笨，所以从来没有表白过。看到这一幕，校友以为他跟女友已分手，便跟他女友表白了，并讲述了他所看到的一幕，有图为证。

结果，你懂的，女友提出了分手。

A先生说，他其实还是喜欢女友的。因为女友不在身边，所以，一不小心有了别的想法。看着他哭丧的脸，我很没有同情心地甩给他四个字："自作自受。"

撩到一个女人不是本事，能守住她才是本事。

最近流行一句话，是这么说的：**喜欢你，始于颜值，陷于才华，忠于人品。**

那些谈恋爱连真诚都做不到的恋爱达人，如何让别人忠于你？一个人品好的人，首先是真诚的。

自以为精于恋爱套路的爱情圣手，却不知道真诚才是谈恋爱最大的套路啊，其他所谓的"套路"都只是锦上添花。

03

曾经因为工作关系，闺蜜认识了一个男生，叫他H先生吧，闺蜜发现他特别绅士。讲话、办事总是那么得体。亲切又风趣幽默，而且能说一口流利的美语。闺蜜对他渐渐有了好感。

互加 QQ 后，他经常找闺蜜聊天。周末，他会约她出去吃饭、看电影、逛街，俨然一对情侣的相处方式。

熟悉一段时间后，H 先生 QQ 聊天经常发亲亲、抱抱的各种表情包，你永远看不到他生气的样子。

平日里，天气不好，他会提醒她带伞；要降温了，他会提醒她多穿件衣服；闺蜜说肚子不舒服，他会关切地让她喝红糖水。

然而，他从来没有郑重地对她说过一句："做我女朋友吧。"交往近半年，也从来没有主动把闺蜜带到他的朋友或家人面前。无论做什么，永远只有他们两个人。

后来，一次偶然的机会，闺蜜发现，他不只是跟她一个人如此，跟别的女生聊天，他也会发各种撩妹表情包。

后来，通过他的同事知道，H 先生果真是撩妹高手，不要说撩妹表情包，平日里，连某些女同事的剩饭他都会吃（所以，姑娘们，不要把一个男人是否愿意吃你的剩饭作为衡量他是否爱你的标准）。

此后，闺蜜便断了与 H 先生的往来。因为，她完全感觉不到 H 先生的真诚。

04

《欢乐颂》里的曲筱绡是个"老司机"，什么男人都能轻而易举地撩到。比如，那个渣男白主管，一直陪伴她左右的谢滨，以及她最爱的男神赵启平。

她熟谙恋爱的各种套路，对男人有精准的分析，总能找到对方的弱点下手。然而，她是真的爱赵医生，所以她对赵医生不只有套路，还有满满的真诚。

赵医生也能看得出曲筱绡是真的爱他，所以，最后他们才又走到了一起。

王柏川，一直深爱着樊胜美。他没有房子，一开始车子也是租的。可是，在了解了樊胜美的家境后，他依然爱她。他尽己所能去帮助她和她的家人。

他的那段告白，不是套路，而是发自肺腑的真诚："我知道我不够优秀，我没有魏总的实力，也没有赵医生的学历。我甚至没有好房，也没有好车，公司也是刚刚成立的。我不能给你奢侈的生活，我也不能给你承诺什么。但是只要你愿意，你的爸爸就是我的爸爸，你的妈妈也是我的妈妈。虽然我现在没有这样的能力，但是我会把他们当成自己的家人一样去看待。我会尽我最大的力量去保护你，支持你。我绝对不会再允许你受半点委屈。小美，如果你愿意相信我，你愿意做我女朋友吗？"

纵然樊胜美曾经对他有千万个不满，面对如此真诚的他，她的心里早已美开了花。所以，她不假思索地回答："我愿意！我愿意！我愿意！"

经历过那么多，樊胜美最终接受了这份满怀真诚的深情。

05

有位先生问我，第一次见面如何给对方留下好印象呢？

我简单回复：注意仪容仪表，干净利落，保持微笑，重要的是真诚。

真诚，是任何感情的基石，友情如此，爱情更是如此。

鲁迅先生在一篇杂文里说：**友谊是两颗心真诚相待，而不是一颗心对另一颗心的敲打。**

爱情又何尝不是呢？

其实，我们并不是反感套路，我们反感的是缺少真诚的套路。

没有真诚的套路迟早是会被识破的。没有人是傻子，不说不代表不懂。

何不做一个真诚的人，真诚地去爱，在有限的生命里，拥有无限的美好。

最后，想用三毛曾经说过的一段话作为结尾，愿我们都能用一颗真诚的心，满怀深情地拥抱爱情。

我愿意在这步入夕阳残生的阶段里，

将自己再度化为一座小桥，

跨越在浅浅的溪流上，

但愿亲爱的你，

接住我的真诚和拥抱。

信任，胜过一万句情话

01

露露跟男朋友分手了。

分手理由很奇葩，原因是男朋友听别人说，露露跟某个男人关系暧昧。

是的，只是听说。

任露露怎么解释，男友都不听。

要不是因为喜欢他，要不是因为自己都 26 岁了，要不是因为家里人天天耳提面命催婚，露露真不想解释什么。

被自己爱的人如此怀疑猜测，露露本该有一万个理由生气发火，但她还是忍住了，只是感到心酸。

男友口中的那个人，露露根本不认识，从未打过交道，无缘无故被扣上了一顶行为不检点的帽子，可露露百口莫辩，中文系毕业的她第一次感觉到语言是那么苍白无力。既然男友宁可相信一个陌生人，也不肯相信她，那还有什么可解释的呢？

接下来的一个多月里，露露选择了沉默，一心忙着工作。

02

日子一天天继续，感情的创伤渐渐被忙碌且充实的生活抚平。

露露走出办公室，伸了伸累了一天的老腰，此时夜色已经吞噬了整座城市。霓虹灯下，自己被拉长的身影在风中颤抖。饥肠辘辘的她在忙碌了一天后，竟然有一种被掏空的感觉。或许，被掏空的还有她的心吧。

她想起了两个月前，男朋友来接她下班，然后她坐在他的自行车后座上，用手环抱着他腰间时的幸福与温暖；想起了他们一起去吃火锅时，他为她夹菜，不让她减肥时的甜蜜；想起了他曾信誓旦旦地承诺永远爱她，永远守护她的话语。

她蹲下身，两行热泪止不住地流下来。她抱了抱自己的双肩，擦干眼泪，想起了《微微一笑很倾城》里肖奈回敬曹光时说的那句：**"我的女孩，我为什么不相信？"**

是啊，你的女孩，你为什么不相信？

女人有的时候就是喜欢男人这种霸道和无底线的信任的。因为，在这霸道里，她们看到了爱、体贴、专情。

可人有的时候真是奇怪，宁可相信陌生人的闲言碎语，却不愿相信爱人的任何解释。

或许，他对自己的爱还没有达到让他如此信任自己的地步吧，露露如此心想。

03

露露多么渴望男友可以相信她啊。

即便全世界怀疑你，只要爱的人相信你，你就会全身充满力量。

可如果全世界的人相信你，你爱的人猜疑你，你便会觉得别人的肯定与信任瞬间失去了意义。

我们作为社会人，身边充斥着各种诱惑，如果爱人之间不能彼此信任，将是件很辛苦的事。

前两天跟朋友聊天时，朋友说起她先生时常会出差，但她对他一直很放心。即便有时候客户请他去 KTV，她先生都不喜欢，宁可自己喝茶、看书。

说到这里，可能有人觉得这样的女人太单纯，这样的男人只是装得好。有些人自己做不到，就总以为别人也做不到；有些人自己多疑、想法太多，就以为别人太单纯。

这样的信任，会不会让对方更加放纵呢？

我倒是比较相信一句话：爱你的人不用你管；不爱你的人，你想管也管不了。

曾经有人问周国平老师，信任和宽容会不会助长人性弱点的恶性发展，甚至毁坏爱的基础时，周老师是这样回答的："**凡是会被信任和宽容毁坏的，猜疑和苛求也决计挽救不了。会被信任和宽容毁坏的爱情本来就是脆弱的。相反，猜疑和苛求却可能毁坏最坚固的爱情。**"

一段好的爱情，从来无法用猜疑和苛求获得。相反，它只会让爱情越走越远。

04

这种信任不仅仅是情感上的，还包括对对方能力、人品等方面的信任。

每个人都是希望得到肯定的，特别是来自爱人的肯定。

比如，在面对工作压力的时候，在事业受挫的时候，我们多么希望能得到另一半的信任、理解和支持。那是我们能持续战斗的精神源泉。

导演李安曾经非常不得志，在长达 6 年的时间里，他都在家洗衣做饭。一家人的生计全靠太太一个人在外打拼。面对这样一个"没出息"的丈夫，面对各种压力和闲言碎语，他太太没有任何责备，而是选择信任他，信任他的才华和能力。她说，李安，不要忘记你的梦想。

正是这样的信任和支持，让李安一步步从低谷中走了出来。

在李安一次次获得奥斯卡奖杯的时候，他最感激的人便是他太太。所以，任何场合，只要有可能，李安就会把太太带在身边。

即便在所有人怀疑李安的时候，他太太也相信他，相信他的能力，相信他缺少的只是机会。这种信任，不是爱是什么呢？

在看《从你的全世界路过》时，有一个桥段，燕子被通告说偷了室友的钱。对此很多人议论纷纷。唯有猪头坚信燕子是无辜的，甚至不惜跟陈末打架。自己的女神，容不得别人猜疑，就算是好朋友也不行，就算最后你离开我，我也依然相信你。

很多人看完电影或原作会想，燕子到底有没有偷那 2000 元呢？

其实，无论燕子偷还是没偷，这已经不重要了。重要的是，爱她的那个人认为她没有偷。

05

在漫长的恋爱、婚姻生活里，相爱的两个人可能要面对很多误会与分歧。

如果没有最起码的信任，事无巨细都要解释、汇报、监管，那真是什么事都不用做了。

事实上，**在相信你的人那里，你无须解释；在不相信你的人那里，解释也没有用**。甚至，对方根本不给你解释的机会，就那样认定了自己的想法。

当你想知道一个人是否爱你的时候，就问问自己，他是否足够信任自己；当你想知道自己是否真的爱一个人的时候，也问问自己，自己是否真的足够信任他。

　　信任，胜过一万句情话。

爱不爱，吵一架就知道了

01

紫紫跟我说，男朋友跟她分手了。本来他们是打算过完年就结婚的。

男朋友比她大七岁。按理说，比她大这么多，应该更成熟、更体贴。可是，他们在一起的时候，更多的是紫紫关心他、照顾他。

考虑到男友的家庭条件一般，他们一起租住的房子都是紫紫付的房租，紫紫给他买的鞋都在一千元以上，衣服也都是紫紫包办，就连婚房，紫紫都答应由她家来安排。而紫紫想要的只是男朋友下班后能按时回家，能好好爱她。

可最近一段时间，男朋友经常在外面喝酒，夜不归宿。这让紫紫很生气，责问他为什么不回家。男友觉得紫紫对他的束缚太多，便提出了分手。

喝酒夜不归宿，不是一个好现象，什么酒要喝一夜？除非这个女人不爱你，否则断然不会不管不问。如果真有特殊情况，男人至少会耐心解释，并保证以后不会有这样的情况发生。因为爱你，他会在乎你的感受，他不愿让你多想，他想要给你安全感。哪有对方一问就提分手的道理？

其实，不是你管多了，而是因为对方不爱你，早就心生了分手的念头，你的任何不满，都可能让他甩脸走人。想来，一个不爱你的人，有时候连吵架都是一种奢侈，解释是一种多余。

02

闺蜜喜欢上了同单位不同部门的一个男生，对方博士毕业，180cm 的个子，加上他清秀的外表和难以掩饰的书卷气，让闺蜜分分钟成了他的"迷妹"。紧追慢追，男生终于同意跟她交往。

男生出身于苏北并不富裕的家庭，父亲是个乡村教师。在他读小学的时候，都是在村子里读书，生活条件很艰苦。现在虽然已博士毕业，有安逸的工作，但他还是保持着每天早上 6 点起床锻炼身体的习惯。也因为如此，闺蜜对他钦佩有加。

可是，在我们眼里，这个男生并没有那么爱她，平日里对她也很没有耐心。

前两天闺蜜说他们分手了，分手的原因竟然是他们一次不经意的争执。

出于好奇，闺蜜在微信里问他小时候生活如何艰辛，学习环境如何差。闺蜜本来打算听一个励志故事，给自己打点鸡血。

男生回答说，那个时候的教室没有门、没有窗，就连课桌都是用砖头垒起来的。

闺蜜说了句："没有门，没有窗，那教室里一定很暗吧。"

男生解释说："不啊，是露天啊。按你的理解，没有门窗，这学生就进不来了？"

闺蜜见他有些不耐烦，就什么也没说。

男生过了会儿又说："你是不是还是没理解啊？唉，你这什么脑子，什么理解力，算了，不跟你说了。"

闺蜜正要发一个表情过去，却发现需要通过好友请求。男生竟然因为这件小事拉黑了她。

"博士又如何？长得帅又怎样？姐下次找个博士后！"闺蜜握着手里的酒杯，哭丧着脸发狠地说道。

从此，即便在同一个单位，闺蜜再也没有去找过他，偶尔碰到，也形同陌路。

一个人若是不爱你，连解释都需要花光所有的力气，自然也不会留下来陪你慢慢吵。

03

后来，闺蜜真找了一位博士后。

她的博士后男友家境也不好。在他的眼里，读书才是唯一的出路，所以非常刻苦。

可能往事如鲠在喉，闺蜜不时会问男友一些看起来很傻的问题。

每次男友都会嘲笑她几句，捏着她的鼻子，骂她笨猪。如果换成以前，早被拉黑几次了，但他们硬是把那种不快变成了打情骂俏。渐渐地，闺蜜不仅不以笨猪为耻，反以笨猪为荣。每次卖傻的时候，就娇嗔着说："我是笨猪啊，你解释给我听嘛。"男友便耐心地讲给她听。

他们很少争吵，偶尔有，也必定以双方的捉弄、嬉闹结束。她不用在他面前小心翼翼、战战兢兢，因为她知道，就算争吵，他也不会离开。

04

朋友橘子是一个极度没有安全感又胆小的女生，晚上一个人不敢睡觉，男朋友出差了，她就叫上好朋友轮流陪她。

有一次，我对她说："你这么没有安全感，一定很黏人，你男朋友受得了你吗？"

她得意地说："他是受不了我，所以总是让着我。"说着，脸上的笑容像朵花儿似的绽放开了，洋溢着满满的幸福。

有一次橘子听到男朋友的手机微信在响，那个当下她突然有了想看他手机的冲动。她知道这样的方式不好，男友会特反感，因为男友当年就因为女友偷看手机并假冒他的名义给别人回信息分的手。翻看手机，在男友看来，就是他的死穴。可在那一刻，橘子就是一根筋，就是要看，并答应就看这一次。

男友很生气。他不希望橘子有这样的习惯，手机是他的私人空间，无论是谁，都不可以侵犯。

橘子也是任性，在她看来，手机里如果没有秘密，为什么不能给她看？

他说，这是他的底线和原则。查看手机，就是对他的不信任。

两个人各执一词，僵持了半天。

不知道为什么，橘子在那一刻莫名地流泪了。

男友感觉到她是真的生气了，叹了口气说："唉，我只要一件事不能答应你，你就会生气吗？"

他翻了一下手机，然后说："我不知道要不要突破这个底线，你实在要看，你就看吧。"

最后，橘子没有看。在男友愿意为她突破底线的那一刻，她已经知道他有多在乎她了。

爱一个人，就是愿意为他突破底线，就是愿意吵架让他赢。在爱人的眼里，你才是最重要的，倘若吵赢了，却输了你，是件多傻的事。

05

我不是要你学会吵架，只是两个人相处，难免磕磕碰碰，或者意见相左。

可有些人，即便心里不舒服，也不敢表达，不敢吵，因为害怕一吵，对方就提分手，扔下自己不管不顾，因为他知道自己在对方心里没有那么重要。

有人说，**通常肯留下来跟你争吵的，都是真正爱你的人。**

曾经没有太理解这句话的含意，以为爱情或婚姻里没有争吵才是最完美的。其实不然，没有争吵，有可能是彼此没有交流，懒得沟通。没有争吵，有可能是对一段关系的绝望。

亲爱的，请好好珍惜身边那个愿意一边陪你吵，一边用心呵护你的人。

有所运行，才是爱

01

如果有一个男人对你说："我爱你，我想跟你结婚，但我很忙，没有时间谈恋爱。"你愿意嫁给他吗？

读者雪儿是一位离异未育的女人，最近她认识了一位男士，他有过一段婚史，但有学识，有上进心，自己正在创业中。

雪儿对他有些好感，可是她发现他似乎一直很忙。忙着见客户，忙着打球锻炼身体，忙着开发新产品。但他所有的忙碌都与雪儿无关。

雪儿想要更多地了解他，了解他的生活，便试着问他周末是否有时间。

他告诉雪儿，上午要去机场接客户，下午要去参加一个行业交流会，只有晚上9点后有时间。他让雪儿9点后去他家。

雪儿提出陪他去机场或去行业交流会，顺便给他创业也提供些意见（他们工作上有相似性）。男人不同意，觉得那样不合适，如果要见面，必须按他的时间表。

雪儿不傻，晚上没有去。

相识三个月的时间，两人只见了两次面，总共约三小时。

一次晚饭时间，男人说他可以请她吃黄焖鸡米饭（一份16元左右），雪儿说不喜欢吃鸡肉，然后就没有然后了。另一次吃饭时间，他说还有别的事情，就让雪儿一个人走了。

他也没有给雪儿买过任何一样东西。但是，尽管如此，他还是觉得他是爱雪儿的。

每逢节假日，他不会提前邀请她，甚至当天连一条祝福信息都没有。只是，过了节假日才会问她是怎么度过的。对于这样的信息，雪儿连回复的欲望都没有。

他说，他是那种只会对自己老婆好的男人，所以很想跟她结婚，保证结婚后会对她好。只是目前，他真的很忙，没有时间和精力谈恋爱。

因为离异，雪儿有些自卑，她生怕错过一个爱她的男人，错过一段新的恋情。可是，她又很犹豫，男人除了口头上表示想娶她，以及每天一句"早安"外，雪儿想不出他对她哪里好。可是万一他是真的爱她，真的会在婚后对她好呢？

02

你会相信一个跟你说没有时间和精力谈恋爱的男人是真的爱你吗？

你会相信一个人婚前不爱你，婚后会加倍爱你吗？

反正我不信！

不管一个人嘴上说有多爱你，如果他没有用行动表示出来，那再多的爱也是谎言。

张爱玲说，要做的事情总找得出时间和机会，不要做的事情总找得出借口。

他所谓的忙，所谓的没有时间，只是告诉你，你没有那么重要！

即便，他愿意跟你结婚，也觉得你符合他对另一半的要求，但他不愿意在你身上有任何投入，他只想收获一份不需要投入的婚姻而已。

没有时间投入，没有感情投入，没有金钱投入，就能拥有一个合乎自己要求的妻子，这样的美事谁不愿意呢？

雪儿终于从恍惚中清醒过来：他并不爱她。

爱，要说，但更要有所行动啊！

不以结婚为目的的恋爱是要流氓，但不谈恋爱，只为结婚而结婚的行为也是要流氓！

不去做，不付出，就想抱得美人归，傻子才信你是为了爱情！

03

前段时间看《欢乐颂》，为什么我们会相信奇点是爱安迪的呢？

虽然在很多人眼里奇点有些"猥琐"，但不可否认，他是爱她的。

他知道她不喜欢与人身体触碰，所以，当他的朋友要上前握手时，他会主动拦截；她紧张时，他永远记得给她递上水缓解情绪；为了婚后能适应与她精神有问题的弟弟一起生活，他背着她一个人跑到孤儿院，去尝试与她的弟弟相处；为了与她结婚，他拿出了自己的全部家当——是的，全部！精明如他，算计如他，但是，对安迪，他愿意付出全部。

他不只有表达，更多的是行动啊！

他为她做过很多，才让她慢慢释放自己，开始相信爱情，试着与异性相处。

04

有一个大三的女生给我留言，说她的男朋友宁可在宿舍里打游戏、睡觉也不愿理她。女生很爱他，不愿放弃他，可她已然感觉到他已经不那么爱自己了。

男生的解释是，他们不在一所学校，他没办法无时无刻对她好，虽然他依然爱她。

其实不在同一个地方，也有很多种表达爱的方式，只要你想。

借用夏洛特在《简·爱》中的一句话：**人们总得有行动，即使找不到行动，也得创造行动。**

爱你的人就是会创造行动，让你知道他想念你；创造行动对你好；即使不在身边，也会创造行动让你知道，你对他很重要。

在那个青涩的学生时代，喜欢你的男生不就是创造行动跟你搭讪吗？原本自己了然于心的数学题，他却偏偏告诉你他不会，让你帮他解答；明明跟你家方向相反，却偏偏说顺路，送你回家；明明自己喜欢理科，却因为你选择了文科，而放弃自己所爱。

不要低估了一个爱你的人创造机会和行动的能力。

所以，与其说距离是爱情的杀手，不如说距离是检验爱的过滤网。过滤掉那些浅浅的喜欢，留下真挚的爱情。

05

父亲，这个你生命中最重要的男人，就算他从来没有说过一句"宝贝，我爱你！"你依然能感觉到他对你的满满爱意。

为什么？因为他在做，他一直在用行动告诉你，你是他最在乎的人。

无论你身在何方，无论你们距离有多远，他都牵挂着你。

或许，我们这一辈子都无法遇到一个像父亲那样爱我们的男人。但是，亲爱的，你至少要知道，他爱不爱你，问问自己他为你做过什么。

说了不算，有所行动才是爱！

你所拥有的，便是最好的

01

张爱玲说：也许每一个男子全都有过这样的两个女人，至少两个。娶了红玫瑰，久而久之，红的变成了墙上的一抹蚊子血，白的还是"床前明月光"；娶了白玫瑰，白的便是衣服上的饭粘子，红的却是心口上的一颗朱砂痣。

在很多人的眼里，得不到的总是最好的，得不到的才是那"明月光"，才是那"朱砂痣"啊。得到了，便发现，原来不过如此。

于我，则刚好相反！

我是个既深情又薄情的人。深情在，我跟谁在一起的时候就算出现了更好的，也从没有过见异思迁的念头；薄情在，无论谁离开了我，只要我接受了现实，就会完全断了念想。

所以，我的脑海中不会持有"得不到的才是最好的"这样的想法。

在我看来，永远都是得到的才是最好的！得到的，才是踏踏实实的幸福。

02

然而，总有一些人，因"得不到"而幽怨一生。

一位朋友的阿姨有抑郁症，不时会来上海的医院接受治疗。因为长年抑郁，所以她几乎每天睡不好觉。

如今，她的丈夫是某部队军需处处长，儿子已考上大学。然而，尽管丈夫对她百依百顺、呵护备至，可她依然感觉不到幸福。

病痛一直折磨着她和她的家人。究其原因，竟是20多年前她的初恋男友抛弃了她。是的，20多年了，她一直没有放下，一直没有放下那个她得不到的人！

这世间没有走不通的路，只有想不通的人。

初恋很美好，可你们最终没有在一起，你如何确定与他一起的生活要比现在好呢？如何确定跟他在一起就没有任何不如意呢？如何确定他会一直待你如初呢？

所有的美好，都是你一个人的幻想罢了。

而你现在的老公，无论如何都是你自己最终的选择。他并没有做错什么，他只是爱了一个他想爱的人，他才能给你真正的幸福啊！

因为想不通，病痛折磨的是你自己，是爱你的人。而那个初恋呢？他早已有了自己的家庭，有了自己的生活。于他，你已经是一个不相干的人。

为一个不爱你的人，一个你得不到的人，在昨日的记忆里挣扎，好傻！

那些拥有丰盈又美好人生的女子，大多是不畏将来、不念过往的。

03

这不禁让我想起了民国时期的故事。

白光，20 世纪 40 年代上海的"一代妖姬"，能歌能演。有过两段婚姻的她，从不自暴自弃，更不会对未能留住的爱情耿耿于怀、哀怨一生。

在她与飞行员老公离婚后，没有沉浸在人财两失的伤痛里，而是转战商场，把生意经营得风生水起。

懂得给自己重新来过的机会的女人，总是容易获得幸福。白光就是如此。

当她遇见比自己小近二十岁的影迷颜良龙时，她便接受了他真挚浓烈的爱意。

此生，她最幸福的时光便是这个叫颜良龙的男人给的。是他给了她温存，给了她安稳，给了她三十年的温馨呵护。

人生得一知己可以不恨，女子得一良人可以不恨。

这样的良人，不是那个你得不到的人，而是那个始终在你身边，伴你左右，你能真实感受到的人啊！

04

曾经我喜欢过一个男生，只要在他身边，我从没有羡慕过任何人；只要在他身边，我就会有无比的踏实和安全感。我喜欢他！在我眼里，他就是最好的。

然而，他的前女友在知道我后，便把他追了回去。

我不难过吗？我也难过。我开始不爱说话，不与人接触。周末一早醒来就躺在床上，一个人一天下来只吃一顿饭。痛苦了一周后，我终于放下。

那些可以抢走的爱人，便不是爱人。

我说服了自己。我已经失去了爱的人，难道还要失去自己吗？不，我要好好过！

一个人温暖自己，两个人温暖对方。如果没有爱的人在身边，更要好好善待自己，如此，在那个对的人出现时，才可以闪亮地出现在他的面前。

我删掉了他所有的联系方式，回归以前平静的生活。分手后，无论遇到开心或不开心的事，都不再与他分享。

事实上，等你平静以后，你会发现，那个曾经爱过的人，真的如此完美吗？不，只是因为你爱他，在你眼里，他才成了那个完美的人。

05

亦舒在《生活之旅》中曾说：**这一刻、现在、马上，才是最重要的，我从来不等，一鸟在手，胜过二鸟在林，得到的才是最好的。**

真是不能再赞同了。

很多人，总是追逐着浪漫，渴望那不能企及的爱恋。无论是出于不甘心，还是出于征服欲，那个未能得到的人，都是心中无法言说的痛。

可是呢，在我看来，得到的才是最温暖、最幸福、最值得珍惜的。得到的，才是最好的！

在你焦虑不安时，永远守护在你身边的，是那个你得到的人。

在你生病时，为你着急忙碌，病榻前端茶接水的，是那个你得到的人。

在你失意时，那个鼓励你，陪你征战逆袭的，是那个你得到的人。

在你获得成功时，为你的快乐而快乐的，是那个你得到的人。

在你暮年，那个夕阳下牵着你的手与你蹒跚而行的，还是那个你得到的人啊！

......

无论男女，只有经历过，才知道，那个最值得你一生疼惜的，从来都是陪在你身边的，那个你得到的人！

而那些未能得到的，在你失去或告别的那一天，就已经在这个世界消逝离散了。

亲爱的，不要让过去的爱和得不到的人，成为你一生幸福的劫难！

愿你能珍惜眼前人，珍爱他一生。

我爱你，可我不想等你了

01

小可最近结婚了，老公不是那个她爱了 8 年的小波。

小可和小波是大学校友。大四时两人在一次校活动课上相识，互有好感，并很快确立了男女朋友关系。有人说，大四是情侣劳燕分飞的时候，多少感情无法冲破现实的藩篱。父母、家庭、工作的压力让多少相爱的人最后没有在一起。

有人说："小可，你这个时候谈恋爱不是给自己添堵吗？"她微微一笑，没有说话。

毕业后，小可跟小波来到了上海。小波所在的公司是某知名国企，世界 500 强企业。小可在一家公司做研发。

工作稳定，感情稳定，小可便委婉提出家里老人想让他们尽快结婚。四年时间的相处，小可觉得他是一个可以托付终身的男人。积极上进、温柔体贴。奈何上海压力太大，小波觉得他们应该再奋斗几年。

02

不料，小波的公司决定让他去武汉分公司工作两年，两年后再调回上海。

两年的时间会很快过去的，而且公司给他各种补贴。为了以后更好的生活，小波决定前往武汉。

异地恋爱的确是要考验感情的。虽然小波偶尔会回上海，但毕竟聚少离多。每次小可提出结婚的事，小波都说再等等。

不要低估了一个女人跟你吃苦的决心，但是，也不要低估了安全感在女人心里的位置。

小波对婚事一拖再拖，让小可心生不满：结婚有那么难吗？

两年总算熬过去了，可是小波所在的武汉分公司的领导换了，要重新调回上海，得经过领导层层审批。每次申请递上去，还未有结果，领导又换了。一晃都快三年了。

在小波离开上海的三年时间里，小可的身边出现过很多优秀的男人，但她都没有动心。可是面对小波的一拖再拖，小可终于爆发了。

"我爱你，可我不想等你了。"

这是小可留给小波的最后一句话，遥遥无期的等待让她感到绝望。

03

或许在一个男人的眼里，事业、房子、车子才是最重要的。可在爱你的女人眼里，你才是最重要的啊！

她经历着你的现在，但更希望出现在你的未来。

她要的是那份笃定、那份安心！你知道吗？

坦白来说，我也不看好恋爱七八年甚至更久都还没有结婚的恋爱关系。

正如《欢乐颂》里曲筱绡所说，恋爱不是越久越好，谈了七年还没有结婚，那这对关系一定有问题。谈恋爱半年就可以结婚了，一气呵成，周年的时候就能结婚，可若谈了漫漫七年的恋爱，都没有走到结婚这一步，基本上可以判断恋爱失效。谈恋爱是这样的，不是时间越久越好的。听起来几年几年挺吓人的，其实就像一层脆弱的纸，一捅，就破了。

所以，很多人永远也想不通为什么爱了那么久，最后还是放弃了。

有人觉得是女人善变。如果一个女人真的善变，那她早就变了，为什么要等你七八年？

男人觉得七八年都可以等，为什么她不能再等我一下呢？可是，你知道七年对一个女人来说意味着什么吗？人生有多少个七年的青春？

04

被等的人，永远体会不了等一个人的茫然与绝望。

不知道你是否有过等待的经历，不一定是情感的经历。被等的人觉得自己已经很努力去完成手头的事了，而等待的人却觉得自己等了半个世纪。

正如爱因斯坦说的，当你和一个美丽的姑娘坐上两个小时，你会感到好像坐了一分钟（因为愉悦，所以感觉时间过得快）；但要是在炽热的火炉边，哪怕只坐上一分钟，你却感到好像是坐了两小时（因为煎熬，所以感觉过得很慢）。

爱因斯坦的理论，在爱情或婚姻里也同样适用。

所以，如果一个人越是爱你，等待对他来说越是煎熬、越是漫长啊。

再坚定的爱情，也终究会败给时间。

05

很多人说，如果一个人真的爱你，就不会让你等；让你一直等的人，一定没有那么爱你。

如果有各方面都差不多的两个人都喜欢你，你对他们也都有好感。在同等情况下，一个人总是让你等，而另一个人从不舍得让你等，你会选择谁呢？

我选后者。

比起承诺，女人更愿意看到的是行动。我想，男人也是如此吧。

所以，亲爱的，如果你爱他，就不要让他在等待里耗费青春。

比起信誓旦旦，婚姻才是最好的承诺。

趁他还在，趁爱还在。

拼命对一个人好换不来爱情

01

爱一个人最好的方式，是经营好自己，给对方一个优质的自己，而不是拼命对一个人好，幻想那人就会拼命爱你以作为回报。

这是在微信朋友圈读到的作家苏芩的一句话。我深以为然。

如果这个世界的爱情简单到，你对他好，他就会对你好，那就不会存在所谓的失恋了，也不会有那么多人离婚了，更不会有暗恋、单恋这样的费情伤脑的事了。

可见，拼命对一个人好并不是爱一个人最好的方式。说不定，你拼命地"讨好"反而会给对方压力，让对方尽快闪离。

所以，在遇到那个对的人之前，我们能做的就是努力经营自己，让自己成为一个优质的人。

02

说到"优质"，我首先想到的是杨绛先生，一个"最才的女，最贤的妻"。

是她让我知道了这个世界上一个男人对妻子最高的评价：**"我见到她之前，从未想到要结婚；我娶了她几十年，从未后悔娶她。"**

就连钱钟书的母亲也感慨这位儿媳："笔杆摇得，锅铲握得，在家什么粗活都干，真是上得厅堂，下得厨房，入水能游，出水能跳，钟书痴人痴福。"

先生能得到丈夫及其家人这般肯定，自然是因为她懂得经营自己、经营家庭。也因为如此，她才成了丈夫心中的"妻子、情人、朋友"。

先生的境界或许不是我们常人所能及的，这样的旷世之恋也是可遇不可求，但我们至少可以做到今天的自己比昨天的自己更优秀，努力让自己变得优质起来。

一个优质的女人，不需要讨好对方，她的存在本身就是一件值得对方珍惜的事。能有这样的女人为妻，是男人的福气。正如钱钟书先生的母亲所说，他是"痴人痴福"，许是自谦，但也不无道理。

03

认识一个女生，叫她 H 姑娘吧，出身于普通工薪家庭。毕业后，她去酒吧工作，在那里她遇到了一个当地很有名望的企业家。

相恋 5 年，在男人打算娶她的时候，遭到男方家族的强烈反对。有多少豪门愿意娶一个酒吧女作为儿媳妇呢？

无奈，她选择了分手。

为了给自己的人生一次重新来过的机会，她摒弃先前的生活，重新回到了课堂，用 3 年的时间打磨自己。如今，她是一名幸福学的讲师。而那个男人及其家族看到她的巨大变化后，也默认了这段感情。现在，她的先生很爱她，不管她在哪里讲课，他都会去探班看望。

所以，女人啊，能让你真正幸福的其实是你自己！努力经营自己，才会让爱你的人更爱你，让讨厌你的人接纳你！

04

我的一位读者爱上了一档相亲节目中的男生，表白后对方没有拒绝，只说可以做朋友。事实上，在我看来，这已经算是拒绝了。只是，这位姑娘不愿面对这个事实。

姑娘给对方写信，他没有回。之后，她主动加了对方的微信，主动跟对方聊天。男生都是有一搭没一搭地应付着，不拒绝，不主动。

最后，姑娘借着出差的机会，从北京来到天津（女生在北京，男生在天津），找到了那个男生，并主动邀男方吃饭。男生依然不拒绝，不主动。

姑娘全心全意地爱着他，生怕他下一秒就被别人抢走。可面对对方的无动于衷，她无计可施。

讲这个故事，我只是想说，**在不爱你的人那里，无论如何讨好对方，都无法换来爱情。因为，爱情本身就不是靠讨好换来的。讨好换来的不是爱，是轻视。**

当姑娘跟我讲完这个故事后，我告诉她，"你若盛开，清风自来"，你值得拥有更好的爱情！

很庆幸，这位美丽的姑娘，勇敢地走了出来，并决定把心思从这个男生身上挪开，努力去经营自己。

虽然，我不知道她最终情归何处，但我相信，在她尽情"绽放"后，一定会遇见一个真正欣赏她的人，一份不需要她努力讨好就能收获的爱情！

05

爱情里，女人需要努力经营自己，男人同样如此！

在我上学的时候，认识这样一对情侣：女生长得很漂亮，性格开朗活泼，学习成绩也很好；男生长相和学习成绩都相当一般，糟糕的是脾气还有点大。

他们虽为情侣，但依然挡不住别的男生来追求这个女生。

男生知道后，自然很生气，在一次争吵后打了她。女生伤心欲绝，本来这段感情大家都不看好，就因为平时他对她好，才将就了他，不想，连这最后一点好也被这一巴掌打没了。

女生提出了分手。

男生苦苦哀求，甚至下跪。无奈，女生经不住对方的死缠烂打，想起他往日的种种好，便妥协了。

经历过这样的事，男生对女生更好了，但控制欲也更强了，他对女生定下了各种清规戒律，生怕她被别的男生抢走。

最后，你懂的，这样的爱情注定不会长久。他们没有在一起！

虽说这是一个看脸的年代，但也不是一个完全看脸的年代。**没有颜值，你可以拼实力啊；没有实力，你可以拼努力啊！**

可是，这个男生不懂，他不去经营自己，在本该学习的年纪，他不去读书学习提升自己，也不懂得收敛性情，最后在患得患失里丢掉了爱情。

06

拼命对一个人好，然后期待对方以同样的方式对待自己，这不是爱情，这是取悦，是乞讨。一个乞讨者是敏感又自卑的，这样的爱情注定不对等。

《欢乐颂》中的安迪从不讨好任何人，但优质的她依然可以获得众多优质男人的青睐。

如果你也欣赏那样"势均力敌"的爱情，那就从现在开始努力经营自己，让自己成为那个可以被欣赏的人！

异地恋，到底要不要在一起？

01

先说说我同事小安跟她老公的故事。

他们是经朋友介绍认识的。那一年，她老公在杭州，小安在上海。

在外人看来，那个男生其貌不扬，个头也不高，老家在云南，兄弟姐妹五个，而他还是老大。

小安老家在江苏，父母就她一个女儿，家里经济状况在当地算中上。本以为她会找一个上海本地或周边的男生。谁知道，她却选择了她老公这样的人。

很多人无法理解，尤其是她的父母。

都说女儿大了不由娘，因为小安的坚持，家人也只好同意他们交往试试。父母心想着，两个人在两座城市，过一段时间肯定就坚持不住了，不用自己说，一定会分手的。

谁料，距离并没有冲淡他们的感情。

每到周末，小安就乘高铁去杭州或者她老公（那时还是男朋友）乘高铁来上海。平时，只要有机会，她老公就往上海跑。比如出差，在可选择的情况下，她老公一定会首选上海，这样他们就可以见面了。

如此，恋爱了一年多。

婚后半年，她老公想尽一切办法从杭州的设计院调到了上海，终于结束了两年的异地生活。如今，他们房子、车子都齐备，女儿已经开始读小学，一家人其乐融融。

所以，每次谈到异地恋的时候，小安都会说，**只要两个人的心在一起，距离不是问题。心若近了，距离便不会远；心若远了，距离再近也远在天边。**的确，那些同城恋爱的人，分手的也不在少数。

02

我的好朋友小娟跟她老公也是坚持了近 3 年的异地恋加分居的生活。

谈恋爱时，小娟在江苏的学校工作，老公周先生在深圳华为。介绍他们认识的是周先生的堂嫂——小娟的同事。所以，大家也算是知根知底。

说来，也是缘分，他们只见了一面就确立了男女朋友关系。

因为周先生远在深圳，他们平时更多的是通过网络和电话保持联系。其实那会儿，周先生还处在前一段感情的阴影当中，好在小娟是班主任，擅长做别人的思想工作。在她的疏导下，周先生的心结慢慢地开始打开，接受了这段新的恋情。

华为的工作强度很大，请假不方便。小娟就借着寒暑假和其他假期的机会去深圳看望周先生。

经过半年多的时间，他们结了婚。

可是婚后，周先生又作为技术支持被派往德国。小娟生了孩子，也是让母亲帮忙照顾。经历了差不多两年，小娟拿到一级教师资格证后便辞职前往德国，一家人总算团圆。

如今，他们已定居武汉。

这个世界上很少有一段感情从一开始就是完美的。某些时候，一开始看起来很完美的爱情，也未必会走到最后。

你幸福不幸福，不取决于距离，而在于在彼此心里，对方是不是自己的唯一。

所以，距离不是扼杀爱情的真正凶手，不够爱才是。

03

我哥跟我嫂子当年也是异地恋。

哥哥那时在福建部队，而嫂子在江苏老家。但我能感觉到嫂子很爱我哥。虽然当时她家里不同意这门亲事，但拗不过嫂子的坚持。

或许爱屋及乌，记得哥哥在部队的日子，嫂子还特地买了零食去学校看我。而每次哥哥从部队回来，看到他们打情骂俏的样子，我也真的很替他们开心。

婚后，哥哥在部队，嫂子带着侄女在老家。直到侄女断奶后，嫂子才一个人携侄女和一大堆老家特产南下，来到哥哥的部队。

后来，哥哥转业到地方，一家人在一起，特别幸福。

04

所以，有人问我，要不要接受异地恋？异地恋要不要坚持下去？

其实答案在你心里。

如果真正相爱的两个人，就算是跨省、跨国也无法阻碍他们在一起。冲淡爱情的从来不是距离，而是真的不爱了，或者对方不是你要找的人，距离只是一个催化剂，或附加条件。

你听说过这样一个故事吗？同在上海的情侣，一个住在嘉定，一个住在松江，后来两人实在忍受不了异地恋分手了。

没错，上海很大，大到同在一个城市也仿佛异地。

我认识一个姐妹，虽然与她交往的男生在同一个区，但每次见面要花近两个小时，要倒三趟车，最后她选择了放弃。

其实，她心里清楚，**选择放弃不是因为距离，而是因为不够爱。没有动力去支撑她走完一次又一次两个小时的路程。**

那次我们开玩笑说，如果那个男生是王凯呢？她还会觉得两个小时是个问题吗？她听罢，笑笑。

05

我不是鼓励异地恋，在同等状况下，我还是坚持本地恋的。只是说，异地恋也没有那么可怕，前提是你要确保他是一个靠谱，能一心一意对你的人，而你也真的很爱他。

不要因为距离，而错失一段感情。

但是，不管多么相爱的两个人，可以异地恋，但不可长期分居。我上面说到的3个故事，不管是我同事、朋友，还是我嫂子，他们虽然刚开始异地恋，但婚后都是想尽办法在一起的。而且，异地恋期间，也跟对方保持着密切的联系，让彼此有安全感。

异地恋最终只有两个结果：一、结束异地；二、结束感情。

距离是个好东西，可以让你看清你真的爱谁，也让你看清谁真的爱你；距离是个坏东西，因为它敌不过时间。

两颗相爱的心，不要畏惧距离，但也不要让另一颗心等太久。

有多少爱，就有多少包容

我们都知道，无论在恋爱还是婚姻中，彼此包容才能走得更轻松、更长远。

所以，在两个人的相处过程中一遇到问题或矛盾，爱得多的一方就会很苦恼：为什么自己喜欢的那个人不懂得理解或包容自己？为什么对方总是觉得自己哪里做得不好？为什么他总是挑剔自己？

我想说的是，在你期望他包容你的时候，先问问自己，他是否真的爱你？因为，唯有爱，才有包容。要求一个并不爱你的人处处包容你，的确是件很难的事。

01

喵喵跟我说，那个相识四年相恋三年的男朋友，在即将步入婚姻的时候跟她分手了。

她问他，为什么？

他淡淡地说："我们有太多的问题，爱好不一样，价值观不一样，看待问题的观点不一样，对待家庭的理念也不一样。"

喵喵承认她的学历没有男友高，但在她看来，他们相处中没有任何障碍。

而在男朋友看来，他们看待问题的方方面面都不一样，喵喵理解不了他的，他也理解不了喵喵的。喵喵在他家发脾气、任性，他都接受不了。

因为爱他，喵喵一直在努力修正自己，以期同男朋友在爱好等方面保持一致。用喵喵的话说，她努力改变自己，从爱好到看待问题的观点都去迎合男友。

而男友却不愿为她做任何改变，在他看来，他所具有的一切是与生俱来的。

喵喵不解：两个人在一起不就是包容和理解吗？这跟爱有什么冲突吗？为什么我可以接受他的缺点，而他却不能接受我的缺点呢？

喵喵终究明白，男友根本不爱她，他爱的是他自己。

其实很多时候，我们忽略了一个前提，那就是，包容是对两个彼此相爱的人说的。

如果对方都没有爱上你，对你没有好感，或者说在他的眼里，你的优点不足以掩盖你的不足，那么，他为什么要强迫自己接受你、包容你？

所以，这不是一个包容的问题，而是爱不爱的问题。

我特别认同一句话：**有多少爱，就有多少包容。**

02

曾经有一个男生追闺蜜小甜，在外人眼里，那个男生长得还不错，对小甜也挺好，但小甜就是没有回应。

我问她，为什么？

她说，他们属相不搭，相冲，不吉利，家里人特别忌讳；另外还有个重要的原因，她觉得男生学历太低，也不爱看书学习，没有共同的兴趣爱好，没有什么共同语言。

后来，小甜在读研时认识了一个男生，成熟稳重，举手投足间尽显优雅，是小甜喜欢的那种男人。

一次偶然的机会，他们坐在一起上公共课，发现他们竟然还是同一个导师。从此，小甜喜欢上了这个科目，每次都会提前到教室占座，每次都希望那个男生坐到自己身边，每次小甜都会找话题跟他聊，找问题跟他请教。

小甜跟我说，当她知道他们属相相冲时，她竟然没有丝毫的犹豫，依然想要跟他在一起。

“如果能够遇见爱的人，花光所有的运气算什么？就算折寿，我也愿意。”

看到小甜坚定的眼神，我不禁感叹，为了爱情可以折寿的人，那些包容与理解又算什么？

如她所愿，小甜的聪明伶俐和乖巧可爱也深得那个男生的喜欢，他们走到了一起。偶有小吵小闹，小甜也只是偶尔耍耍赖、贫贫嘴，但从不当真跟他耍脾气。要是男生生气了，她还会哄他开心，然后两个人就有说有笑地和好如初。

当你真正爱上一个人的时候，你就会心甘情愿地接受他所有的不好，包容他的小缺点，甚至为他牺牲自己也心甘情愿。

可当你不爱一个人的时候，他的每一个缺点都会被放大，就算他为你牺牲自己，也只会有感动，没有心动。

03

曾经，有一个爱我的人对我说：“熳熳，我觉得你一点都不在乎我，我们完全不在同一个频道。”

我报以沉默。

我知道他说那句话的时候有多难过、多无奈，因为，同样的话我也对另一个人说过。

恋爱中的男女大多是敏感的，对方是否爱自己，有多爱自己，怎么会感觉不到？遇见那个自己爱的人，明明知道对方不爱自己，我们还是坚持着，因为舍不得、放不下。

相反，遇见那个我们不爱的人，我们却会肆无忌惮地嫌弃他。

因为没有那么爱，所以说话的时候，我们不那么在乎对方的感受。

因为没有那么爱，我们总挑剔着对方，包括他的审美、他的谈吐、他的品位。

因为没有那么爱，我们一遇到不开心，就给对方甩脸色，耍小脾气。

其实想想，如果是同样的事，换成自己深爱的人去做，可能就算了，没有那么不依不饶了。同样一件小礼物，如果是深爱的人送，便会感动、会珍藏。而若是嫌弃的人送，可能有想扔到垃圾桶的冲动。

真的是礼物不够好吗？不是，只是在你眼里送礼物的人不够好而已。

04

所以，在我们谈到包容的时候，我们要做的是先让对方爱上自己，努力做一个值得被爱的人。只有当你被对方深爱的时候，你做的才有可能更多地得到对方的认可和欣赏。

而如果我们无论怎么努力，都无法让对方对自己满意时，也不要太委屈了自己。

有的时候，我们就是没有办法让不爱自己的人爱上自己、包容自己。爱，勉强不来。

倘若，我们就是那个被深深爱着的人，那要么给对方爱，给对方包容；要么给对方自由，给对方爱别人的自由。

女生在什么时候比较容易感动？

01

阿如喜欢上她公司里的一个男同事阿琛。在她眼里，他有颜值，有才华。180cm 的个子配她 168cm 的窈窕身材真是刚刚好。

阿如每天在群里跟我们汇报她跟阿琛的进展。

"我们每天一起早餐，一起午餐。晚上各自回家后还会微信聊很久。"

"每天他就坐我对面，看他笑起来的样子，好帅。"

"听说又有一个女生喜欢他了，还跟他要微信号，不过他没给。"

每次阿如跟我们聊阿琛的时候，我仿佛都能透过屏幕看到她满脸的喜悦，还有心里淡淡的忧伤。

爱一个人，他的一颦一笑都逃不过你的眼睛。阿琛的每一个举动都牵扯着阿如的心。

周末他们约了一起去琴行，然后逛街买东西。阿如很小心地问大家，单独跟他出去要注意什么啊？

我们一边笑她花痴，一边帮她出谋划策。偶尔，我们几个还装作她的粉丝调戏她。然后让她截图发给阿琛看，就说有粉丝读者追她，看看阿琛有什么反应（不过，事实上，阿如并没有那么做）。

偶尔，阿琛给她画一个微信里的动画表情，一个小人儿，手拿一朵花，阿如心里便美开了花。然后，拍下来发给我们说："喏，这是他今天给我画的，你们说，他画这个什么意思啊？是在表白吗？"

一段分析后，阿如又失望了。

"唉，以前我撩汉'片叶不沾身'，现在可好，一直撩不动他。我觉得他能感觉得到，但就是不表白，或许时候没到吧。"

阿如决定放下了。

结果那天阿如又兴冲冲地跟我们说："阿琛今天跟同事抢了两片薯片给我，好开心好感动啊！"顿然觉得她又满血复活。

"德行，瞧你那花痴样儿，两片薯片就把你感动成这样。"群里，大家又纷纷拿阿如开玩笑，阿如也不恼。

先前认识阿如时，我觉得她满腹才情，又有一点"高冷"，跟现在我认识的她似乎是两个人。

其实在这个世界上没有多少姑娘是"高冷"的。之所以"高冷"，只是因为没有遇见那个可以让她感动、让她感觉到温暖的人。

而感动一个姑娘，并不一定需要你为她做多少惊天动地的事，更不需要你牺牲自己。

她若爱你，你为她做的丁点努力，都会让她欣喜不已；她若不爱你，你连问候都是多余的。

02

闺蜜思思是一个追求完美的姑娘，还有点外貌协会。大半年里，相亲的男生十个指头数不过来，但都没能入得了她的法眼。

大家觉得她真是太挑剔了，那些男人有房有车，工作还不错，对她也挺好，怎么就感动不了她呢？她到底想怎样？

渐渐地，大家不再给她介绍男生，因为她太挑了。过日子嘛，还是现实点，差不多就行了。

前几天，听说思思有了男朋友。我很好奇，到底是什么样的男人征服了思思呢？

原来是思思在高中时一直暗恋的一个男生。去年他从另一座城市转到上海发展，与思思有了比较频繁的交往。思思发现曾经少女时代的那个自己又被唤了回来，与他相处的每一个瞬间都温馨甜蜜。

可是这个男生没有房没有车，事业还处在起步阶段。我们问思思："他为你做过什么，让你决定就是他了？"

思思笑着说："他其实也没有为我做过什么，那个周末他来我家，给我做了顿家乡的饭菜，他说他希望可以给我做一辈子饭。当时，我就无法控制自己，眼泪不争气地流了下来。"思思一边说，一边用纸巾擦拭眼角，我想象到了她当时听到这句话时感动的样子。

这个世界就是这么不公平。有的时候你为一个人拼尽全力，还不如别人的一句话，就能让对方感动到痛哭流涕，甚至生死相依。

而所有的感动，只是因为爱。

因为爱上一个人，他为你所做的任何细小的事，都让你欣喜，让你感动，让你感觉到温暖。

03

朋友小楠遇见现在的男友后经常在微信朋友圈里"撒狗粮"。

有一天夜里看到她发微信朋友圈：这么晚了，因为一句我想吃柚子，他便从床上爬起来，下楼到车里取刚才忘了提上来的柚子，真是满心感动。

我一边替小楠高兴，一边想起了她曾经的经历。

有个男生一直追小楠，有一次公司秋游，小楠在微信朋友圈里抱怨了一句：唉，早上准备好的遮阳帽，走的时候还是忘记拿了。然后那个男生买好了帽子，穿越半个上海，坐了一个多小时地铁给小楠送了过来（碰巧那次下午才动身）。

可即便这样，还是没有感动小楠。小楠心里自然清楚对方为自己的默默付出，可是她也清楚地知道对他唯有感谢，没有感动，更没有爱。

小楠没有做错什么，她只是在遵从自己的内心，做着想要的决定。

04

感动一个人说难很难，说容易也很容易。

白岩松曾吐露他用一只红薯就追到了他的妻子朱宏钧。

那一年，他在《中国广播报》当记者，妻子朱宏钧当时是同单位的电台编辑。他们每天要工作到很晚。有一次深夜，两人都没有吃饭，白岩松将朱宏钧送到宿舍楼下后，又买了只红薯给朱宏钧。这一举动，让朱宏钧有一丝感动和温暖。一来二去，两人便坠入了爱河。

而事实上，朱宏钧对白岩松也颇有好感，能打动她的不仅仅是一只红薯。白岩松诚实善良、才华横溢，虽为北方人，却没有印象中北方人的大男子主义和粗暴性格（我认识的北方人，大多数也没有）。

所以，与其说白岩松用一只红薯追到了娇妻，不如说他们是两情相悦。

你用了心，而你又刚好是她喜欢的人，要想感动她，真的很容易。

所以，有些姑娘好追，容易感动，并不是她对谁都如此。她只是因为喜欢你，才会让你感觉到好追；也是因为喜欢你，你为她做的些许小事，才让她感动不已。

　　你无法感动一个不爱你的人，正如你无法叫醒一个装睡的人。

　　那个人轻易就被你感动，只因她爱你。请记得好好珍惜！

你对待前任的样子真丑

01

有没有人问起过你，为什么跟前任分手？

我想，无论是真正关心你的人，还是喜欢听故事的人，抑或是那些有意跟你进一步发展的人，都有可能问起这个话题。

上个周末，小雨跟我说，她认识了一个在设计院工作的男生，长得还不错，挺斯文的样子。男生老家在杭州，那是小雨喜欢的城市。曾经漫步西湖边，小雨就暗想，要是能嫁一个杭州的男生就好了。可以陪着他，春日看桃，夏日观荷，秋天品桂，冬日赏梅，与爱的人携手西湖边，一起看夕阳，嗯，想想就很美！

男生对小雨也颇有好感。毕竟，小雨也是那样的柔情女子。听说小雨很喜欢杭州，男生对她的兴致也就更高了，两个人相谈甚欢。不料，问到前任，男生仿佛变了一个人。

"你的个人卫生情况怎么样？""唉，我的前任真是太邋遢了，简直不像个女人。"

没等小雨回答，男生便抱怨开了。

"你有随地吐痰的毛病吗？""唉，我的前任总是随地吐痰，真是恶心死了。"

"你几天洗一次衣服？""我的前任几乎没帮我洗过衣服，都是我自己下班回来洗。她的衣服也是泡在那里，一泡就是好几天。"

"你会做饭吗？""我几乎没吃过她做过的饭，她也从来不问我是不是要回来吃饭，我就在单位吃完回来。唉，她自己吃完饭，碗都放在那里，也不及时洗掉。"

"你有洁癖吗？""你最好有洁癖，要是有，我不介意。"

小雨实在听不下去了，找了个借口，草草结束了话题。

在爱情里，我们大多因彼此欣赏、彼此爱慕走到一起。即便是朋友介绍，那也是因为有好感才进一步加深了解。如果不爱或不合适，分开就好，给彼此一个重新选择的自由，毕竟人生的路还很长，没有必要在相互嫌弃里度过一生。

可若是分手后，你还对前任的缺点喋喋不休，那便失了风度。你可以在别人面前说前任，就可以在别人面前说现任。你可以如此抱怨女友，就有可能抱怨同事、亲人。所以，很多人说分手见人品。这种对前任无止境的抱怨，断然不是告别一段感情最好的方式。

02

同事洲跟女朋友也分手了。

前段时间，洲的母亲生病，姑娘独自一人特地从上海去了洲的老家看望。洲及家人以为好事将近，没想到，是姑娘来做最后的道别。

后来同事问起洲："为什么一直好端端的，她还去看望过你的母亲，怎么说分就分了呢？"

洲满脸惆怅，淡淡地说，还是有缘无分吧。然后便缄默不语。

洲曾经的感情给他带来过很多快乐，自从遇见前女友，他每天脸上都洋溢着幸福的笑容，做事也越来越积极。沉闷的他还不时地哼着小曲。

虽然有时难免有些不快，但洲还是坚持着。两个人在一起的磕磕碰碰，洲从来不会拿到办公室作为大家饭后的谈资，他只期待着这份感情可以顺利开花结果。所以，即便分手自然也不会在大家面前说前任的不好。

他说："**我爱过，努力过，虽然没能从一而终，但至少我们可以善始善终，也不枉我们相识、相恋一场**。"

办公室的人听了他的话，心都融化了，真的。从此，大家再也不会在他面前提起分手的事。更没有人因为他被分手，而觉得他哪里不对，相反，大家觉得他是一个很有修养、有包容心的男人。

03

朋友 Phoebe 最近很少跟我联系了，以前一有什么开心或不开心的事，她就喜欢跟我叨叨。

昨天我忍不住给她发信息，问问她的近况。原来人家正在忙着谈恋爱呢，没空理我。唉，都是一些见色忘友的人。

Phoebe 跟我说，男友有过一段短暂的婚史，但她不介意。在 Phoebe 看来，只要是对的人，其他的都不重要。话虽如此，但 Phoebe 还是问了他跟前任分手的原因。

"都是我不好，没有好好照顾她。那段时间一直忙于工作，整日出差忙项目，冷落了她。她是一个好女孩。"

Phoebe 原以为他会跟很多人一样数落对方的种种不是，就像审判长一样给她的过去下一个审判书，给前任按一个"罪行"，可是他没有。婚史不仅没有让他在 Phoebe 心里减分，相反，好感度倍增。Phoebe 说，过去失败的情感经历，让男友深深反省，也因此很珍惜跟她的感情，如今他尽量减少出差，一有机会就伴她左右，让她感觉很温暖、很幸福、很有安全感。

有人说，一个男人对待他母亲的态度，就是他将来对待你的态度。可我想说，一个男人，与前任分手时的态度，就是他将来对待

你的态度。

分手后，他表现出来的不管是狭隘还是宽容，是自省还是推卸责任，都是他最真实的样子。

04

从前车马慢，一生只够爱一个人。

现如今，很少有人做到初恋就是自己的终身伴侣。

因为种种原因，不得已告别昔日的恋人，我们应该以一种什么样的姿态、什么样的方式告别，在很大程度上不是在塑造对方的形象，而是在塑造自己在他人心中的形象。

郎平当年与丈夫白帆离婚时，有媒体问其原因，她只说了一句："这个问题我不想多说，因为我有很多渠道发声，但他没有，这对他不公平。"所以，到现在都没有人知道她离婚的真正原因。

我想，如今的郎平能赢得大家的尊重，不只是因为她为我国的体育事业做出的贡献，还在于她的人格魅力吧。与此相比，很多明星在告别一段感情时，互相争吵的样子，真丑。

说前任的不是，并不能彰显你的高贵。把别人拉低，并不能抬高你自己。

在我看来，**告别一段感情最好的方式，不是不断细数对方的缺点，而是学会缄默和自省，如果可以，感谢这段感情让自己成长，感谢对方这段时间的陪伴。无论是笑着祝福还是挥泪作别，都好过无意义的撕扯、抱怨。**

— FOUR —

真正的高贵，
在于超越过去的自己

///

我们不是要成为女权主义者，我们只想有尊严地活着、
有尊严地爱着。而只有经济独立，才能谈得上有尊严！

真正的高贵，在于超越过去的自己

01

朋友跟我抱怨，他英语实在太烂了，连音标都不认识，一脸沮丧地说："熳熳，你说，我是不是太差了？"

其实他哪里是差，只是不完美而已。可不完美又如何？他在一天天超越曾经的自己。

在我眼里，他是个很棒的人，曾参过军，当过保安、消防员，以及超市理货员。虽说英语不好，学历不高（没有读过一天大学，自学本科毕业），但是他却在微软面试中靠过硬的技术在众多面试者中脱颖而出，丝毫不输那些重点大学毕业的面试者。

虽然连音标都不认识，但是，他的理解能力却让我叹为观止。客户几十页的英文 PPT，夹杂着各种技术术语，他分分钟就能理解其精髓。

他还曾连续四年获得微软 MVP（Most Valuable Professional）奖（微软最有价值专家奖），据说，这是微软对技术领域员工的最高奖项。他获得的其他大大小小的奖项，更是不胜枚举。

是的，他英语不好，可那又怎样？没读过大学，那又怎样？曾经只是一个普通的保安或理货员，那又怎样？他一直在努力超越着过去的自己！现在的他，又在为新的目标而努力。

这样的人，怎么会差呢？相反，我觉得他很高贵啊。

02

我不知道别人是如何定义"高贵"的。

在我眼里，高贵不是名牌加身，不是腰缠万贯，更不是显赫的权力或地位。正如海明威所说，**真正的高贵在于超越过去的自己**（The true nobility is in being superior to your previous self）。

办公室里经常听到同事谈论自家小朋友在学校里的见闻。其中一位妈妈说，儿子班里的小朋友课间时分一个个都在炫富，一个说："我家的车是奥迪。"一个说："我家的车是宝马。"还有一个不紧不慢地说："我家的车是玛莎拉蒂。"立马，前面两位没了声音，悻悻地走开了。

同事只把它当个笑话，在办公室里聊起。我不知道她在那个当下是如何借此教导她的孩子的。

在别人攀比豪宅、豪车的时候，我们自己应该想到什么？我们能做什么？

自卑于事无补。或许我们这辈子拼尽全力所获得的都不及别人出生时就拥有的。你努力的天花板，不过是别人的地板。

跟别人比，你或许有优越感，或许有自卑感；但只有跟过去的自己比，你才会有成就感！成就感才是真正让我们引以为自豪的。

03

据说，某些美国人不喜欢别人当面夸他的孩子漂亮。如果你那么做了，他可能会不高兴。因为漂亮是与生俱来的东西，他没有为此做出任何努力，不是值得炫耀的技能或资本。

是的，**自己努力得来的，才是真正属于我们自己的；自己努力得来的，才值得我们炫耀！**

在成长的路上，让自己变得越来越好，是我们一生要追求的目标！

S姑娘高考分数低得出奇，父亲拿出近百万捐给某高校，终于使其顺利入学。入学后不久，她便与同校某男生相识、相恋。毕业后工作两三年，觉得没什么意思，所挣也不多，还要不定时地出差，便辞职在家。婚后不久，便有了宝宝。

不需要努力，她就有父亲准备好的豪宅别墅、保姆阿姨，以及看似够她花一辈子的家产。每天陪伴孩子几乎是她唯一需要做的事，连减肥塑形都懒得去做。

有人羡慕她，也有人为她可惜。

老公频频出轨，她则频频包容，频频讨好。甚至让父亲去偿还老公在外的各种亏空，只为那个男人可以回到自己身边。然而，换来的却是男人各种恶习愈演愈烈。

出身"高贵"并没有给她高贵的人生。

04

有些人把出身当作自己懒惰的筹码，有些人则把出身当作成长的起点和后盾。

柳传志的女儿柳青，多少人羡慕她有一个富贵的家庭，有一个富豪老爸。

柳青曾就读北京大学计算机系，后又到哈佛大学读硕士。2001年，经过重重面试，柳青获得了去高盛暑期实习的机会，这让她有了新的目标和方向。不是金融专业出身的她，在宿舍恶补了一年金融知识，于2002年，通过重重关卡，最终拿到了高盛的 offer。

入职高盛后，她又靠着自己的努力，从一个底层分析师做到执行董事，而这样的飞跃，柳青只用了6年。依然靠着自己的努力，又做到了高盛董事、总经理。

身居顶尖投行，年薪千万的柳青却在2014年选择加入滴滴，成为滴滴首席运营官，以及后来的滴滴出行总裁。

她总是挑战自己，让自己逃离舒适圈，选择一条艰难却有前景的路。

有人说，她是中国最拼的富二代。她有一个好爸爸，有爱她的老公，又是三个孩子的母亲，完全不需要一周工作100甚至140个小时，直到把自己累出乳腺癌。

我自然不赞成柳青用自己的健康去拼事业，但是，她一直努力向前，不断超越自我的精神，让我震撼。

05

无论精神还是物质，在这个世界上总有令我们望其项背的人。我们不需要跟他们去比，因为或许起点不一样，自身资质不一样，可利用的资源也不一样，我们唯一要做的就是跟自己比，跟过去的那个自己比。

有些时候，我也会问自己，人活着为什么要努力，要去不断超越自己？

我能想到的答案是：努力是为了暮年之时，回首曾经走过的路，可以问心无愧地告诉自己，这个世界我来过，我活过。

活着，很容易；而只有不断努力，不断超越自己的人，才活过。

每一个如此活过的人，即便不富有，即便穷其一生都没有达到别人的高度，也一定都是高贵的。

不失恋，不足以谈人生

01

有读者问我："熳熳，你失恋过吗？"

我说，当然了，不失恋，不足以谈人生啊。

虽然现在说起来风轻云淡，但只有深深爱过、痛过的人才会明白在那个当下心被撕碎时的痛楚。但无论有多痛，你一定知道，这一切都会过去。

痛，说明你曾爱过。这是件多么值得庆幸的事！因为，在这个世间有很多人从来就没有爱过，也从来不知道心疼一个人的滋味。他甚至不知道自己喜欢什么样的人，不喜欢什么样的人，更不会知道如何去对一个人好，如何温暖一个人。

失恋了，痛了，至少说明你是一个有血有肉、有情感、有温度的人啊！

没有人喜欢失恋，但当我们不得不面对的时候，也只能这样安慰自己。失恋至少是一段经历。

人生啊，不就是拿来经历的吗？痛一下，又不会死。

02

一个朋友最近刚刚结束一段感情。

她曾是男友口中那个美得无以复加的女子，然而，男友还是背叛了她。更可耻的是，男人告诉她，他爱的人依然是她（一个不真实、不愿袒露真感情的男人，在我眼里比背叛还可耻）。

她很迷茫。

为什么一个口口声声说爱自己的人，却这般深深伤害她，他是真的爱她吗？这世间还会有从一而终的爱情吗？她还会再拥有自己想要的温暖吗？

我没有回答。因为我知道，等疼痛过后，她自己会找到答案。而此刻，作为旁观者即便解释再多，也无法减轻她的疼痛。

失恋带给你的痛感会让你更清醒，会让你学会分辨，也会增长你的心智。

03

我觉得失恋这样的事，越早经历越好。

上学的时候，我是一个很乖的学生，这一点让我痛恨自己。说得好听一点，是我比较专一，如果我花心思去谈恋爱了，可能就没心思学习了。说得不好听点，是我做事效率不高，很羡慕那些爱情、学业都不耽误的人。

所以，我觉得，在不耽误学业的情况下，早些谈个恋爱也是不错的。没有恋爱的青春，似乎有些不完整。

但是，失恋不是越多越好。

失恋多了，你会麻木，你会迷茫，你会不再相信爱情。甚至，你开始妄自菲薄，看不到自己身上的闪光点，渐渐地对自己、对爱情丧失了信心。

04

有过失恋的人会更懂得珍惜，珍惜遇到的每一段缘分。因为他知道，有些人并不会永远在那里守候，所以会倍加珍惜拥有的时光。

也因为曾经爱过、失恋过，所以会知道爱一个人是什么样子，也会知道被爱是什么样子。所以，当爱情来临的时候，你会嗅到空气中弥漫的甜蜜味道，让你不再错过对的人。

也因为失恋过，你终会明白一个人不爱你了是什么样子。所以，如果不幸有那么一刻出现的时候，你可以适时告诉自己，不必追。然后，优雅地转身，学着更加爱自己。

05

如此思考的时候，仿佛失恋也没有那么可怕了，不过是阵痛而已。

安又琪在《失恋这件小事》里唱道：反正失恋这一件小事，总是会被时间删除消磁，就算残留什么痛也变不真实；反正失恋这一件小事，可能会将伤害磨成钻石，让我学会察觉哪种爱才有价值。

是啊，不过就是失恋而已，算不得什么。

失恋了，或许你怨恨自己身世不够好，长得不够美，或不够有才华。

或许，你身世够好，长得够美，足够有才华，会有更多的选择空间。但是，他离开你，放弃你，并不一定是因为你不够好啊。

读一读民国女子的故事。她们出身名门，大家闺秀，多才多艺。可她们的爱情之路未必比普通女子平坦。她们一样会经历失恋，一样伤痕累累。

即便深谙爱情套路的情场老手，也一样会有黯然神伤的时候。

06

周国平先生说，**未经失恋的人不懂爱情，未曾失意的人不懂人生。**

他也曾告诉我们，忘掉你曾经拥有的一切，忘掉你所遭受的损失，就当你是赤裸裸地刚来到这个世界，你对自己说："让我从头开始吧！"你不是坐在废墟上哭泣，而是拍拍屁股，朝前走去，来到一块空地，动手重建。你甚至不是重建那失去的东西，因为那样你还惦记着你的损失，你仍然把你的留在了废墟上。你要带着你的心一起朝前走，**你虽破产却仍是一个创业者，你虽失恋却仍是一个初恋者，真正把你此刻孑然一身所站立的地方当作了你人生的起点。**

亲爱的，去爱吧，就像从未失恋过一样。

姑娘，别做单恋的傻瓜

在爱情里，暗恋、单恋一直是挥之不去的痛。无论是"我本将心向明月，奈何明月照沟渠"，还是"衣带渐宽终不悔，为伊消得人憔悴"，那种无奈与心殇都让人苦不堪言。

01

读者西西单恋一个女生，10 年了。

这 10 年来，每一个夜深人静的夜晚，他都会想起她。

2006 年，西西还是一个高中生。他发现自己喜欢上了班里一个女生，叫她 S 姑娘吧。为了能接近她，西西编了一个理由，让班主任把他们搭成同桌。

跟喜欢的人在一起总是那么美好。现在想起来，西西心里都美滋滋的。然而，幸福的时光总是那么短暂。高二分文理科，西西选择了文科，而S姑娘选择了理科。好在，他们的教室紧挨着，西西还是有机会经常见到她。

每次晚自习下课，西西都会找各种借口去见她。可是，他还是没有勇气表白。即便心中小鹿乱撞，他也只能用情书的方式旁敲侧击地表达心中的思念。那种想让她知道，又怕她知道后拒绝的感受真是难受极了。

西西料定她是懂他的，她是能感觉到他对她的情意的。可面对西西的情书，她从未有过任何回应。

高三紧张的学习生活并没有让西西停止对S姑娘的喜欢和思念。面对没有停歇的情书，S姑娘终于回复，他们只能做朋友。西西还是不死心。一次放学送她回家的路上，S姑娘便直接告诉他，他们不可能。

被喜欢的人拒绝，那种撕心裂肺的疼痛让西西至今记忆犹新。那个夜晚，西西第一次为了一个人哭了很久。

此后，西西依然默默地喜欢着她。仿佛在他心里，早已烙下了"我爱你，与你无关"的想法。他依然会借故找她，依然跟她聊天，就像以前一样。

那一年，S姑娘高考落榜，在复读的日子里，西西也在默默地支持她，鼓励她。

转眼到了 2013 年冬天，天很冷，西西买了很多她喜欢的东西，送她到宿舍楼下。此后，再未谋面。

西西努力控制自己不去见她，因为他知道她不喜欢他，可他还是无可救药地想念她。

单恋 10 年，让西西失去了喜欢另一个人的能力；也因为这 10 年，让他心有不甘。

02

曾经，我认识一个男生，他右手小拇指第一个关节是残缺的。问他原因，竟是他喜欢一个女同学，而她不喜欢他。为了表达爱之深，在毕业的时候，他用刀剁下了自己小拇指的第一个关节，并把它包好，送给那个女生。

当时鲜血直流，他疼晕了过去。

事后，女生不仅没有为此感动，反而觉得他心理病态，不再跟他有任何联系。甚至，连普通朋友都不是。男生无论如何都联系不上她。只要看到是他的电话号码，女生就不接或听到是他的声音就直接挂断。

男生不死心，去女生家拜访她的父母，也被其父母拒之门外，并被放狠话说："你难道除了我女儿，就找不到别的女人了吗？"

他感觉备受耻辱。

工作后，每次电脑打字，用到小拇指不方便的时候，他就会想起她，想起她父母的轻蔑。

这样的单恋经历，让他刻骨铭心。

听到这个血腥的故事，我当时就吓坏了。一想到那个女生看到小拇指指骨的画面，我就倍感难受。

爱情是美好的，可是如果苦苦纠缠，那就不是爱。正如作家苏芩所说的：**真正爱你的人，做不到死缠烂打。因为自尊不允许。我们一直深信，爱就是把最好的一切给予对方，包括尊严。**

单恋中的人，请记得，当你的爱对对方造成了困扰，那就偏离了爱的本质。

03

在我们身边，单恋的事真不少。

有个朋友，一直单恋一个女生。即便这个女生出国了，他还是会去女生家，看望她的父母，倾诉他对女生的爱慕。说着说着便潸然泪下。可感情毕竟是两个人的事，尽管这老两口也挺喜欢他，可也做不了女儿的主。

后来，听说这个女生结婚了，他便离开了那座城市，来到一个陌生的地方，独自舔舐伤口，不再与任何人联系。据说，他的父母为此愁白了头。

单恋本来也不是什么大不了的事儿。人活着，谁还没单恋过一两次？毕竟没有人做到你喜欢的人一定会喜欢你。

没错，你可以暗恋，可以单恋，但不要太久。

我们是为爱自己的人活着的，何必要为那些不爱自己的人而平添烦恼？

要勇敢地爱，也要勇敢地放手，别做单恋的傻瓜，让那些真正关心我们的人跟着一起痛苦挣扎！

04

爱情从来不是以时间来衡量的，也不会以先来后到为顺序。

一个人如果不爱你，你哪怕单恋一辈子，也不能让他对你的喜欢增加一分。

所以，别动不动就提喜欢了对方十年、八年。在不爱你的人眼里，那十年、八年算不得什么，那都是你自愿的。

亲爱的，别傻了！即便再爱一个人，也要记得给自己一个期限。在这期限之前，想爱，就痛痛快快去爱，去表白。期限到了，便咬牙放手。

爱一个人，是一种能力；懂得放下，也是一种能力啊！一个懂得放下的人，才配拥有新的爱情！

另外，你可以爱，可以去表白，可以被拒绝，有多少人一表白就马上被对方接受的？那都不是事儿。被喜欢的人拒绝也不丢人。但是，你别动不动就自残啊，如果自己都不爱，怎么会爱别人？

一个不懂自爱的人，一个动不动就自残的人，今天残害的是自己，明天就有可能残害身边的人。如此极端的人，不只是傻，更是让人感到可怕啊！

或许，你没有像他那般残忍地伤害自己的身体，但是，如果你迟迟不能从一段感情中走出来，甚至想尽办法去打扰别人的生活，或影响别人的幸福，这种单恋令人发指！

即便你没有影响别人，而是长时间地让自己郁郁寡欢，不断消耗自己，那也是一种不可取的态度。

请原谅我的直接。

多少人在单恋的泥淖里沉沦，伤害了自己，伤害了关爱自己的人，却不自知！

亲爱的，人唯有先自爱，才会有能力去爱别人，也才能被别人所爱！

我们一直在苦苦思索如何去爱，却没有好好反思如何自爱。

在你一味想着前进的时候，也要记得学会后退。有的时候，后退也是另一种前进啊！

并不是所有的事情，只要傻子般地坚持就会有结果，至少爱情不是。

不要等到被抛弃后，才想到独立

01

曾经在微博上看到过一则新闻，当时整个人都呆了。

兰州女子怀孕 8 个月被男友赶出家门，睡楼道 6 天 6 夜。父母双亡的她，无家可归，即将分娩，却因身无分文，只好住在楼道里。

男友说在外面给她租房子住，但因为她已经怀孕 8 个月了，肚子大没人管，房东都不愿意把房子租给她。

小区的一些好心人每天轮流守护她，给她送吃的送喝的。

可怜的她在炎热的夏天，一个人睡在楼道里，真是辛酸。

我看到微博上贴出来的昏暗的楼道、破旧的墙壁、凌乱的被褥和床垫与她跟男友昔日的甜蜜合影放在一起，形成了鲜明的对比。

是啊，他们也曾恩爱过，甜蜜过，幸福过。然而，那个曾经温暖的小屋却没有了她的容身之处。

她没有父母，男友曾是她最亲的人，所以，她把所有的希望、信任和爱都给了他。

我看到下方的评论，大家纷纷对她表示同情，唾弃那个渣男，甚至有人搜索出了那个男人的住址，贴出了他的无码照片（原微博上的照片打过马赛克）。

气愤归气愤，转而我开始思考：女人在爱情里如何爱自己？如果她现在手头上有些钱，经济足够独立，她现在会不会过得好一点？

02

看《我是演说家》时，有一个叫林嘉莉的演讲者，深深打动了我。

她是一个美丽的女人，有一个爱了她11年的男人。曾经，她过着养尊处优的生活，每天睡到中午，下午逛商场、做美容，晚上参加时尚派对。偶尔不开心了，就来场说走就走的旅行。

然而，渐渐地，她发现男人没有了先前的耐心和体贴，甚至在他不开心的时候还会骂她，她若与他理论，男人便会说："你吃我的，用我的，你有什么资格顶嘴？"是的，她从来没有工作过，没有赚过钱。她花着男人的钱，可是她并不快乐。

2012年，林嘉莉选择了离婚，告别了昔日的别墅、昔日的豪车，以及优越的生活。

她和儿子租住在一间房子里。为了解决经济上的困境，她想创业，然而，无论是投资服装店还是面馆，她都以失败告终。最拮据的时候，连儿子上学的学费她都交不起。

但她发现自己是一个不错的时尚买手，于是白天见客户，晚上挑货搭配。渐渐地，她的生活有了改善。如今，她已经成立了自己的公司，有了自己稳定的事业。

现在她可以任性地花自己的钱，做自己想做的事，而不用看别人的脸色。她成了众人眼里的励志女神。

03

女人不一定要成为以事业为中心的女强人，但至少要有一份可以养活自己的工作。如此，才不至于男人在跟你争吵时说是他在养你；也不至于被他抛弃后露宿街头；抑或守着婚姻的躯壳，守着活寡。

不是不相信男人，也不是不相信爱情。只是，一切都是会变的。

当一个男人爱你的时候，他可能是真的爱你；可是，如果有一天他不再爱你了呢？

我们不是要成为女权主义者，我们只想有尊严地活着，有尊严地爱着。而只有经济独立，才能谈得上有尊严！

亲爱的，不要等到被抛弃后，才想到要去独立。

独立，是女人一辈子的必修课。

放手，是放过别人，更是放过自己

果果失恋了。

一周前，她就在后台给我留言，讲述她与男友在感情方面的种种不适合。只是这一周里，她经历了想放手到不甘心放手的转变。

果果大学毕业，男友初中毕业。果果曾经因为他对她的好而接受了对方。当爱情归于平淡，往日的激情不在，矛盾便越来越多。

在果果眼里，男友是一个不成熟、爱面子的男生。每次两人争吵后，都是果果主动去联系对方。平日两人在一起时，总有些花费，这也让男生很不舒服，常念叨着自己为她付出了很多。

这让果果很伤心，因为她时常贴补他，甚至在他没钱的时候资助他。

多日的争吵让果果很累，也很委屈。她想分手，这样的他不是她想要的，这样的感情也不是她想要的。

可她习惯了他。是的，习惯！

她一边想着分手，一边又情不自禁地想起对方，想着去联系他。

她问我，该如何控制自己不去想一个人，不去联系一个人。

可就在前天，当这个男生不接她电话，不回她信息，彻底失去了他的时候，她便开始崩溃了。

这一次，是因为不甘心。不甘心就这样失去了他，就这样失去了他们的爱情！

多少人一边不满对方，一边又因为习惯而不愿意放手；又有多少人，因为不甘心，而折磨自己。

亲爱的，学会放手吧，不管是放手一个你不爱的人，还是放手一个不爱你的人，都是我们面对分手时最美的姿态。

02

当爱已不在，就放手，让他去遇见更适合他的人，也让自己遇见属于自己的幸福。

或许，你习惯了身边有一个人，习惯了一个人对你的好，甚至习惯了跟一个人的争吵。可你明明知道，那不是爱啊！

你没有理由拥有了他的过去，经历着他的现在，还打算强占他的未来。而这一切仅仅是因为你"习惯"。

而对一个不爱你的人，你更要放手。因为不值得！

张爱玲说，爱情是不问值不值得的。恕我不能认同。

在胡兰成有了一个叫秀美的女人后，张爱玲终不肯放手，只能自伤自怜道："我想过，我倘使不得不离开你，亦不致寻短见，亦不能够再爱别人，我将只是萎谢了。"

在一个不爱你的人那里，你即便萎谢了又如何？他春光大好，你萎谢如草。你本可以是那娇艳绽放的花蕾啊，却硬是让自己低到尘埃里。

放手，是放过别人，更是放过自己！

03

比起张爱玲，那个叫蒋碧薇的女子，面对爱情的背叛时要利落多了。

她曾违背父母之命、媒妁之言，为了徐悲鸿私奔，东渡日本。在爱情里，她拼尽全力。

然而，爱情守得住贫穷，却守不住平淡。

在徐悲鸿遇见孙多慈那个清纯动人又有绘画天赋的女子后，他们的爱情堡垒终于坍塌。

徐悲鸿发表公开声明，结束与她八年的"同居"关系（实为婚姻关系，在不爱你的人眼里便成了"同居"）。

她断然放手，彻底、利落、决绝。没有怨妇般地喋喋不休，亦没有哭闹纠缠。即便离婚当晚，也可以随性地去打一晚麻将。如此，释然！

当徐悲鸿与孙多慈的婚姻受到孙家人的阻力，那个曾经背叛她的男人妄图重修于好时，她亦是冷冷相对："你要是割舍不下对我和孩子的感情而要求回来，那还可以考虑；如果是因为她也不要你，你退而求其次回来，那是绝无可能。"

她从不委曲求全，放手了，便是放手了！

04

洒脱的女子，爱，可以爱得刻骨铭心；不爱，便可以欣然放下。

还记得曾经读到过的，一个女孩分手时跟男孩说："慢走，不送，帮我把门带上！"

我惊讶于她的淡定。

想来，那个曾经爱过的人已经决定放弃，你的苦苦哀求只会让他觉得你卑微，何不做一个利落的女子？

不甘心吗？

你若未曾珍惜过，有何不甘心？

你若曾珍惜过，不甘心又如何？

这个世界总有人喜欢春夏，有人喜欢秋冬。你喜欢的白，不是他想要的黑。

无所谓对错，只是，你的喜欢刚好他不喜欢罢了。

05

爱情不在了，即便再纠缠不清，终无法留住。与其做怨妇，不如做一个云淡风轻的女子。

张柏芝与王菲，谢霆锋生命中两个重要的女人，时常被人拿来比较。

面对分手，张柏芝成了一个幽怨的女人，不论在什么场合，都会抱怨前夫的种种不是。这样的她丝毫没有了昔日的美感。

而王菲呢，一直缄默不语。分手后，她未曾在媒体面前数落过任一前任。

爱与被爱，都曾是幸福。当爱无以为继，放手就是最好的成全，成全别人，也成全自己。

06

在我看来，有的时候，分手连原因都是不需要问的。

那些所谓的理由在分手面前显得那么苍白无力，不是吗？

或许，你觉得你很爱他，你对他的关心超过了自己，可是，你知道吗？当一个人不再爱你的时候，你的好都会成为分手的理由。

　　所以，不要问，也无须问。

　　你能做的，就是坦然面对，放手，然后努力平息自己，尽快开始新的生活！

分手后，还能和前任复合吗？

01

刷微博时，看到一则新闻，说的是一个成都妹子姗姗年初的时候和男友分手了，但她心有不甘，想要把对方追回来，并找到一家婚恋公司，花了 7000 元定制了"挽回前男友"服务。没想到，签完合同不到一个月，前男友闪婚了。

"挽回男友"服务失败后，她要求婚恋公司退还部分款项。而婚恋公司认为他们做了大量工作，计划失败的原因不在他们，而在于事发突然，有其特殊性，责任不在公司，拒绝退款。双方陷入经济上的纠缠。

对于该公司是否应该退款，在此不做评论。我想跟大家聊的是，这个妹子跟前任分手后，还能否复合这个话题。

据微博上的描述，姗姗身高168cm，面容姣好，家庭条件也不错，而且为人大方、开朗，很有异性缘。

2014年，她认识了前男友，相处三个月后分手。一年后，她对前男友仍念念不忘，主动找前男友复合。

"他是做生意的，属于沉稳大叔型，他认为我的心态还像小孩子一样，说我们不合适。"这是姗姗口中他们第一次分手的原因。

第二次的短暂复合有一个细节：婚恋公司教了姗姗怎么跟前男友聊天，怎么复合，而且一切似乎在向好的方向转变。但在一次通话中，她得知前男友闪婚了，而且说她"瓜得很，居然相信啥子挽回前男友服务"。

所以，我们可以看出，姗姗在跟前男友的聊天中，她把婚恋公司的服务计划也原原本本地交代了。前男友先前以为她成熟了，原来是个假象，成熟的是婚恋公司团队，而不是姗姗。当他意识到这一点后，便以闪婚为由（是否真闪婚，也不得而知）让姗姗断了念想。

想来，即便是婚恋公司成功挽回前男友，面对"假成熟"的姗姗，也很难保证他们不会再次分手。

我想说的是，一个人如果一开始不喜欢你，以后也很难喜欢你的。

有人说，不啊，如果我变漂亮了，变知性了，变优雅了，变有钱了，前任可能就喜欢我了。

嗯，有这个可能，但前提是，他当初不爱你仅仅是因你不够美，不够知性，不够优雅，不够有钱，而不是因为你智商、性格、脾气等方面的原因。因为相对来说，前面提到的几个因素是可变的，而后面提到的因素是相对稳定的。

但是，无论如何，如果复合时，你还是当初的那个你，他还是当初的那个他，你们即便复合，也是很难走下去的。

02

我曾经喜欢过一个男生，他积极上进、温柔体贴，在我眼里似乎是那么完美。他家离我家不远，三四个红绿灯的距离。

有时他下班早，就会驱车到我们公司楼下，备上蛋挞和水，安静地在车里等我。

有时候，我在公交站台等车，突然天空飘起了雨，我告诉他外面下雨了，他就主动说："我送你啊！"然后，我就美滋滋地站在那里等他，任由公交车从我面前驶过。

周末，他去读硕士课程，我就在学校自习室里看书，耐心地等他下课。然后，我们一起去学校的餐厅用餐。

夏日的夜晚，我说："今天我吃撑了。"他便提议："那我们出去走走啊。"等他到我们小区门口，便一起沿着门前的马路，伴着夜色下的霓虹灯，走过天桥，路过酒吧，一边走一边聊天。那时的我多么希望就这样一直走到天亮啊。

我们都喜欢看书，喜欢学习，喜欢吃鱼，甚至连喜欢的颜色都差不多。有时候见面，很巧大家都穿了蓝色的衣服。可是，没有一个人借此来开玩笑。

像七夕这样的日子，他会邀我一起吃晚餐，会送我礼物。

我们宛如一对情侣，可我们之间永远有一条无法逾越的鸿沟，这个鸿沟便是性格。我们都太安静，太拘谨，太被动。三个月的交往，我们连手都没有拉过，甚至连一句"我喜欢你"都没有人说过。

也许是因为太在乎一个人，你会变得小心翼翼，因为你不知道他是否像你喜欢他一样喜欢着你，你不知道自己在对方心里是否重要。所以，跟外向的人在一起会说说笑笑的我，跟他在一起，却会格外内敛。

三个月，让我既快乐又痛苦。

我感觉到彼此在为这段感情做着些许努力，可是，我们还是少了什么。这让我难受极了。于是，在那个夜晚，我决定结束这样的相处。

几个月后，这段感情依然在我心里萦绕。我跟我的一位阿姨说了此事。她说："傻孩子，想爱，就去痛快地爱吧，不去计较结果地爱。即便没有结果，你们也曾快乐过。喜欢他，就让他知道。"

那个假日，我主动发信息给他，问他是否要看电影。他孩子般地回复说，要，要报名。不过，最后还是他坚持请我吃了饭，看了电影。

见面时，没有人提起几个月前结束的事，就像什么都没有发生过一样。但是，也没有人开玩笑说，咦，我们今天又穿了一样的浅灰色哦，好搭呢。没有。我们还是那么拘谨，没有玩笑，甚至连吵吵闹闹都没有。从第一次见面，到三个月的交往，他都很少从容地正眼看我。

再次见面的我们，又回到了曾经的状态。你猜到了，这一次相处没有经历太久就结束了。终究，我们还是没有走到一起；终究，我不是那个可以点燃他的人。

当你我还是没有任何改变时，复合，没有任何意义。而性格上的改变，岂是一朝一夕？

03

当然，并不是所有的复合都是令人沮丧的。

如果你一直读我的文章，可能会知道，我哥跟我嫂子当年是异地恋。我哥在部队，我嫂子在老家。事实上，他们的爱情也经历过分分合合，但不是因为性格、脾气，也不是因为不爱，而是因为家庭。

分手后，我哥也约过别的女生；嫂子的家人也帮她物色过男朋友。但是，都没有成功。兜兜转转，他们又走到了一起。

他们能复合，不是彼此不认可对方，不是相处不愉快，而是外在的因素。在我看来，这样的复合会相对容易一些，毕竟父母家人还是希望你幸福快乐的，如果真的认定了一个人，他们也拗不过你。所以，当家庭问题不再成为问题的时候，他们复合也就有了希望。

04

曾经，我们看《何以笙箫默》，赵默笙与何以琛分手十年都能再次走到一起，最重要的还不是因为彼此曾经深爱过？而让他们分开的，只是一个误会。这样的复合，在某些人看来或许只需要一个解释，就可以拆除所有横亘在两人之间的藩篱。

即便这样的复合是容易的，而现实生活中，又有多少人愿意等？即便有人等了，时过境迁，你还是那个你，他还是那个他吗？

而那些生活中因为性格、三观上的原因而分开的情侣或夫妻，没有一方或双方的脱胎换骨，要想重新复合，并持续走下去，是件多么不容易的事啊。

很多感情过去了，便是过去了。

影片《恋爱的温度》里有一句经典的台词：**"两个人分手后复合的概率是82%，但复合后能一直走到最后的只有3%，那97%再分手的理由其实都跟第一次一样。"**

对此，我是赞同的。

如果你们有幸成为那3%中的一对，一定要好好珍惜。

千万别恋上这种"暖男"

01

不知道从什么时候起，"暖男"这个词仿佛成了"好男人"的代名词。找男友，找老公，一定要找一个能"暖"你的。只要那个男人"暖"，就可以"一暖遮百丑"。

虽然他挑剔，会为小事发脾气，可是他温和的时候，却很暖啊！

虽然他大男子主义，有强烈的控制欲，可是在他能接受的范围内，却很暖啊！

虽然他是细节控，对一些无关紧要的事，关心到极致，你觉得很累，可一想起他的暖，你还是乖乖就范了。

……

有一种男人就是这样自带温暖属性，爱上了会上瘾，让你忽略他身上其他的不足，甚至无法自拔，直到不得不抽身时，痛不欲生。

02

或许是因为在原生家庭里太缺爱、太缺温暖了，很多女生就渴望在爱情里弥补这样的空白，渴望一个温暖的恋人，组建一个温暖的家庭。

小小就是这样的女生。

前两天她跟我说，遇见了那个她要等的人，一个爱她、温暖她的人。还跟我开玩笑说，让我准备好大红包。看来，好事将近。

每天早上醒来，小小都能收到男人发来的信息：

起床了吗？

起风了，多穿点衣服。今天好像有雨，记得带伞。

来姨妈了？多喝点红糖水，吃点大枣。这几天别用冷水洗衣服。

想你了。

丝丝细语，沁人心脾。比起狂轰滥炸式的爱情攻势，细腻的关切更能让人上瘾。

03

情人节，小小收到了他的 520 红包，并跟她说："咱不秀什么，也不买什么礼物，就实实在在的好吗？"小小开心得说不出话来。她把红包截图给我看。嗯，不错哦，这个男人至少不小气，不是说看一个男人是否爱你，就要看他是否愿意为你花钱吗？朋友圈那些晒 5.20、52.0 的，在小小眼里真是弱爆了。小小心里美开了花，这种低调的"暖男"正是小小所爱。

周末约会，男人也会陪着小小逛街，走着走着，就情不自禁地往她这边靠。过马路会牵着她的手，告诉她一定要左看右看，因为有些骑单车的人会逆向行驶。

闲聊的时候，男人把他们孩子的名字都想好了。嗯，他喜欢男孩，叫邹周吧。男人的姓加上小小的姓，放在一起就好了。对了，小小姓周，男人姓邹，邹周音近，要不是当时男人提醒，小小都没有意识到，这就是缘分吧。

"亲爱的，你的血型是 O 型，我的也是 O 型，咱们孩子也会是 O 型吧？"

"对了，要是生了宝宝，你妈妈会有时间过来照顾你和宝宝吗？嗯，要是没时间也没事，到时请个阿姨吧。"

男人喜欢跟小小畅想未来，而那个未来里一定有小小。这是在暗示，他们会结婚、会生子吗？小小心里暗喜。

临近下班，小小说饿了，男人开玩笑说："没带零食吗？别把宝宝饿坏了。"

"带了，我都忘记了。唉，人家说一孕傻三年，我这还没怀孕呢，就傻了。"

"没事，有我呢。"

男人的话，总是那么温暖，看他们曾经的聊天记录，我的牙都快甜掉了。

小小一次不经意地说起自己的生日，男人就记住了。他好有心啊，一定是爱我的吧？要不，为什么我不经意说起的，他都记得呢？

小小爱吃海鲜，他们每次在饭店吃饭，男人都会说："来条鱼吧，你最爱吃的，看看今天想吃什么鱼？"

多么温暖的男人啊！这样的"暖男"可以给我来一打吗？每当听到小小跟我分享他们的爱情点滴，我就好生羡慕。

04

可就在今天，小小跟我说，他们分手了，他爱上了别人，而小小并不是他想要找的人。

我愕然，开玩笑的吧，这也变化太快了，怎么就像六月的天，可现在明明还是二月呀！

昨天如胶似漆，今天形同陌路。爱情里，最让人无法理解、无

法接受的不过如此吧。

那些令人刻骨铭心的爱情，并不是来自从未温暖过你的人，而是来自给过你所有的美好和期待，然后决然离开的人。

望着小小哭红的双眼，我无法跟她解释为什么一个曾经对她温暖如春的人会突然转身离去。所有的解释和安慰显得那么苍白无力。

是的，很多人说过，爱你的男人舍得给你花钱、花时间；可是，你忘了，也有人说过，**不愿意给你花钱、花时间的男人一定不爱你，但愿意给你花钱、花时间的男人也并不一定是爱上了你啊。**

有一种男人自带温暖属性，每一个细胞里都透着温度。他懂你所思，知你所想。每一句话，每一个动作，每一个眼神都会轻轻落在你的心里，不偏不倚。

可是，那未必就是爱啊。

有一种人，只爱不爱他的你，等你爱上他了，就会远离你。他享受的就是那个追逐的过程，而当猎物上钩，便失去了吸引力，转而追逐其他的猎物。"温暖"不过是他角逐的工具，是温柔的陷阱。只是，你不小心陷进去了而已。

很多时候，女人会自责，会自省：是不是自己不够优秀，不够善良，不够完美。不不不，姑娘，这不是你的问题。就算你再不完美，也有人爱你；就算你再完美，也有人不爱你。而他刚好是不爱你的那个人。只是，他的"温暖"让你误以为他已经爱上了你。

05

　　其实，在小小和男人交往的细节中能够看出他并不爱她的端倪。只是，女人更愿意相信直觉，相信美好，相信自己是那个"小确幸"。

　　如果他真的爱你，他就不会说："如果有比我更合适的，你就去见见吧，我会祝福你。"听起来，很大度，很体贴，可是哪个男人愿意自己心爱的女人去另寻新欢呢？遇见真爱，谁不是生怕她被别人抢了去？他给你自由，不过是想给自己自由罢了。

　　如果他真的爱你，就不会处处挑剔你，就不会总是说："你太瘦了，我喜欢有肉感的女人；你太矮了，168cm 的女人穿旗袍会比较好看；你现在怎么挣这么少……"在他那里，你觉得自己一无是处，丧失了所有的美好和自信。而爱你的人会处处包容你，即便有什么不满，也不会表达出来，因为比起你的不完美，他更在乎你的感受。他希望你快乐！

　　如果他真的爱你，会想方设法融入你的生活，同时也愿意让你融入他的生活。可是，当你想要带他见朋友时，他却回避，用自己是"宅男"的理由来搪塞。亲爱的，他没有你想的那么爱你。

　　是的，他还没有准备好要完全接受你，而在此之前，你却因为他的"暖"而沦陷了。

　　如果说，这世间有一种最深藏不露的套路，那就是给你想要的温暖。

06

亲爱的，当你遇见一个温暖你的人时，不要高兴得太早。或许，他就是那个自带温暖属性的男人，跟爱无关。

爱你的人，会温暖你；可温暖你的人，未必是真的爱你！

等他领你见朋友、见家长，说"这就是我要娶的女人"的时候，再高兴吧。

等他愿意为你收敛自己的性情，愿意为你做些许改变的时候，再高兴吧。

等他拿着钻戒，说"嫁给我"的时候，再高兴吧。

二月，乍暖还寒的季节，风吹在脸上，温暖中透着寒意。亲爱的，请记得，虽然眼前满眼绿意，可春天并没有真正到来。

正如有些男人对你的温暖，看起来舒服甜蜜，可并没有"走心"啊。这样的"暖男"不是你的，而是大众的。

请给自己一次华丽转身的机会

01

她没有倾国倾城的美貌，她不懂风情，更没有诗人丈夫想要的浪漫情怀。她曾是丈夫眼里的"乡下土包子"，除了嫌弃，无半点怜爱。

在她怀有身孕之时，丈夫爱着别的女人，逼她打掉孩子。坚持生下儿子后，丈夫又要她签离婚协议书。没有吵闹，没有纠缠，就这样，她平静地结束了维持了七年的婚姻。

她是张幼仪，徐志摩的原配妻子。

离婚后的她仿佛涅槃重生。她看清了自爱远比爱人重要得多。

她决定摒弃曾经的自己。

雇保姆，学德文，攻读幼儿教育，即便忍受着丧子之痛（幼子三岁时腹膜炎去世），她也坚持着异国求学之路。这是怎样的隐忍？

她终于蜕变成一个华丽的女子。

很难想象吧，她能从一个连"Hello"都不会说的"乡下土包子"变成了一个会说几国语言的大学教授！

在任东吴大学德文教授后，她又创立了上海第一家时装公司——云裳时装公司！然而这并不足以展示她的商业才能。受其兄长邀请，她开始管理国家社会党会计事务所财务，后又担任上海第一家妇女储蓄银行副总裁，并成为中国近代第一位女银行家。

我钦佩这样的女子。

她的华丽转身让我明白，就算曾经遭受过命运的践踏，只要有决心摒弃过往，依然可以重新开始。

02

还记得 45 岁的钟丽缇答应小自己 12 岁的男友求婚的消息在网络上刷屏的盛况吗？

或许，对于很多女人来说，有过两段婚姻、3 个孩子，还有爱的能力吗？对婚姻还有多少期待呢？

可对她而言，那又如何？过去只代表着过去，未来才是自己想要的。

45 岁，面若桃花，身材窈窕，有颜有钱，离婚后也能过好自己的生活。

对于年龄差距，她会自信地说："爱情没有任何界限，无关年纪和国籍差异，最重要的是合拍。"

她无视旁人的眼光，在爱情里永远追求自己想要的幸福，这样的勇气并不是任何一个女人都能拥有的。

是的，华丽转身的背后，我看到的是一个女人对自己未来的自信和勇气。不念过往，不畏将来。

03

华丽转身，并不是女人的专利。

如果你看过《当幸福来敲门》，你一定知道美国著名黑人投资专家克里斯·加德纳。这部作品就是他人生的真实写照。

他家境贫寒，在他的人生低谷期，甚至连房租都付不起的时候，妻子不堪忍受贫困，离开了他。

一个男人，在最困难的时候，应该是最渴望爱人的理解与支持的。但是，他却成了一个无家可归的人，一个被妻子抛弃的人。

他带着儿子不能住单身公寓，他们时常流浪街头，住过廉价旅馆、收留所、公共厕所、办公室桌底。他每天上班都背负全部家当。

当他从一个股票投资公司的实习生转正的时候，他终于看到了曙光。他感觉到幸福终于降临了。

凭着他对数字的极度敏感以及勤奋，还有对梦想的执着追求，他的事业可谓一帆风顺。之后，他在芝加哥开设了经纪公司，自己当了老板，成为百万富翁。成功后，他扶助了很多贫困的人。

他的华丽转身，告诉我奋斗之于人生的意义。

不管处在人生的什么阶段，不管你的生活出现了怎样的变故，就算婚姻破裂，流浪街头，你也没有理由放弃。

04

有朋友跟我说，几年过去了，她依然无法从离异的阴影里走出来，无法面对离异这个事实。走到哪里，都仿佛觉得自己低人一等，总觉得有人在背后说她是一个离异的女人。娘家也不愿回，因为离异，她仿佛成了家里丢人现眼的存在。

我想跟她说，与其懊恼，不如面对现实，想想以后的路。

人不能永远生活在过去里！试着放下过往，放下曾经所有的怨与恨。不愉快的曾经只会消耗你，对你的未来没有任何价值和意义。

张幼仪如果放不下过往，那她便成了怨妇，永远无法破茧成蝶。怎么会华丽转身？如此，民国便少了一位令人钦佩的才女，那才真成别人口中的"乡下土包子"了，永远无法成为受前夫尊重的"有志气、有胆量的女子"。

钟丽缇如果放不下过往，永远无法满心欢喜地迎接新的爱情。

所以，请给自己一次重新来过的机会，活出自己的精彩！

结束语

我们都期待幸福，期待"一本书，一个人，过一生"的简单美好。但是，如果未能如愿，也不必耿耿于怀。

亲爱的，希望你能勇敢坚强。哪怕倾其所有，也要活成自己想要的模样。唯有如此，才能对得起生命中所有的美好。

我们不是为了某一个人而来到这个世间的。请记住，这是你自己的人生！

请给你的人生一次华丽转身的机会！

等一个不爱你的人，就像在机场等一艘船

有人说，等一个不爱你的人，就像在机场等一艘船。

你的苦苦等待，永远无法等到他的返航。

他若不爱，你却痴心不改，苦的必定是你自己。

01

于凤至，张学良的原配妻子，"一个集美貌与才华于一身的女子"。

她经历过人生的各种苦难，她战胜病魔，她驰骋华尔街。她也曾赢得张府上下一致爱戴与尊重。

可是，她却无法赢得心上人的爱情。

她等。

她一直在等待。

从踏入张府大门的那一天起，她就开始瞭望。

然而，等到的却是少帅对她"大姐"般的敬重。

等到的是1927年张学良遇见了赵绮霞（赵四小姐）后的出双入对。

西安事变后，她身患重疾（乳腺癌），赴美求医。初始，她采取保守治疗，因为她仍在等。她害怕自己残缺的身体无法让爱的人接受。她依然对他抱有幻想。

治病后近乎身无分文的她依然想着给他争一份家产。她期待着与他团圆。然而，等来的却是一份离婚协议书。

即便如此，在她93岁去世时，她依然在等待，等待与他死后同穴。她让女儿在她的墓旁建一座空墓，等张学良作古后与她相伴。

然而，她等来的只是张学良墓前的一声长叹：生平无憾事，唯负此一人。

她终究没有等到他。

2001年10月，张学良去世后，随赵四小姐安葬在夏威夷东海岸的神殿之谷纪念陵园。

她为他而来，她为他等待。可他爱的人始终不是她。

聪明如她，却在爱情里糊涂了一生。苦等50年，终是被辜负，孤单离去。

02

我们普通人的爱情呢?

橘子姑娘告诉我，她在一个培训班学习时爱上了一位英语老师，叫他 Y 先生吧。

在橘子眼里，Y 先生是一个阳光帅气的东北男人。普通话虽然夹杂着沈阳口音，但一口流利的美式英语足以让橘子为之倾倒。女人对一个男人的爱情，往往就是这样从崇拜开始的。

在添加了对方的微信后，橘子便开始了倒追模式。

等他下班，等他有空，等他信息，等他回电话。Y 先生成了橘子的生活中心，而在他那里，她似乎连边儿都没有沾上。

不爱，就是不爱。谁说"女追男隔层纱呢"?

现实并不像电视剧里演的那样，你的深情付出会有人感恩回馈。你不是《欢乐颂》里的曲筱绡，他不是赵启平。

所有的期盼换来的是圣诞节那天，男人一个群发的"Merry Christmas!"这足以让橘子兴奋不已。

就在橘子以为她的努力已得到反馈的时候，在商场，她撞见了 Y 先生和他的女朋友。橘子从未见过他望向女生时那般满眼的温柔，还有嘴角一直勾起的微笑。那是橘子一直期待的。

她伫立在那里，心，顿然空了。他从来没有喜欢过她，甚至一直在逃避她。他只能是她的老师，她也只能是他的学生。

一段还没有来得及开始的爱情，就这样结束了。

有人说，太过理智的爱不是爱情。真正的爱情一定要燃烧自己吗？

03

事实上，恋爱中的女人又有多少是理智的呢？

现实中的你我，难道从未等过一个人吗？从未抱过任何幻想吗？幻想着他被你感化，幻想着他有一天会爱上你。

英子是我的校友，一个在职场上精明干练，从不拖泥带水的姑娘。一个行业论坛会议上，她遇见了一个男人。初见他，她便被他的沉稳、霸气所吸引。他强势、果敢，不失风趣幽默。这样的男人，英子自然是喜欢的。可是，他似乎对她并没有太大的兴趣。

英子常常有一搭没一搭地找他聊天。

男人周末去上课，英子便借着他中午吃饭的空当，等他下课一起吃饭。

男人出差，英子便主动要求去接机。

那一次，听说男人从深圳回上海，只说了飞机起飞的时间，甚至连航班号都没有告诉她。她便早早地来到虹桥机场。所有从深圳飞往上海的航班都抵达了，她依然没有见到他的踪影。

那个下午，她一个人在航站楼足足等了三个小时。

这样的经历，让她深深体会到了那句话：等一个不爱你的人，就像在机场等一艘船。

她是能感觉到的，他不爱她。

她不再去寻求一个究竟，甚至不需要一个解释。因为，不爱就是最好的解释。

04

罢了。

你终究不是他起航想要到达的终点。纵然扬帆，也是为了尽快到达另一个彼岸。

你何苦为难自己？

爱情是心与心的碰撞，而不是用一颗心去敲打另一颗心。

你能做的，便是华丽转身，给对方一个靓丽的背影。然后，去遇见该遇见的人，守候该拥有的幸福。

即便有一天，对方想起你，也是你转身间的美好，以及未曾发生过的遐想。总好过你纠缠不清和苦苦哀求得来的施舍与怜悯。

遇见就珍惜，不爱就放手，不必为谁空等候。

这是我能想到的，爱一个人最美丽的姿态，也是我们爱自己最好的方式。

男人不是提款机，也需要"充值"

01

S 姑娘和男友江江两人在一家金融公司工作，每个月的收入都在 5 位数以上。每到发薪水的日子，S 姑娘就把自己的工资纹丝不动地存入银行账户。至于平时购物、日常开销等都要男朋友全包。或者，S 姑娘自己垫付了再问江江要。每个发薪日，S 姑娘都要跟男友要零花钱。

不仅如此，男朋友的银行卡每日都要查账。

因为 S 姑娘是江江的初恋，所以，他很在乎这段感情。当年江江一无所有的时候认识了 S 姑娘，他很感恩她的陪伴，曾经立誓要给她最好的生活。

然而，女友似乎不能体谅江江的苦楚。江江每天去上班，女友天天在家睡觉。直到两年后，江江事业有所起色，才让女友在自己的部门上班。

每次女友开口要钱，虽然心里十万个不愿意，但江江都会给。光去年一年，就消费 20 万。S 姑娘给自己买东西，什么都挑最好的，反正男友掏钱。而 S 姑娘呢？一提到给江江买东西，姑娘立马就说买房还缺钱。

过节，江江给自己爸妈 200 元红包，S 姑娘对此很不满，大吵了一架。

这样的日子让江江郁闷极了：这个女人爱我吗？这样的日子还要继续吗？

02

正如黄菡老师在某期《非诚勿扰》里所言："**钱对任何人都是不够用的。**"如果一个男人愿意给你钱花，是因为在乎你，想要给你好的生活，希望你快乐！

但是，男人不是提款机。

你没有理由仗着自己的女友身份就严格管束他的钱财。他可以宠你，也可以换了你。在他在乎你、爱你的时候，会主动给你钱，给你买东西，但时间久了，爱已透支，便会有怨言。

爱情是相互的付出，如果一方只有索取，没有付出，那就不是爱。

在江江辛苦打拼的时候，你没有为你们更好的生活做出任何努力，每天只是睡觉和抱怨。而在江江的生活有了改善之后，你也只懂得善待自己。

虽然男人在爱一个人的时候更多的是付出，但他也需要爱、需要"充值"啊！请给他爱你的动力！

一个只会索取，没有付出的自私女人，是不值得爱的。

或许，你会跟我说，女人花自己男友或老公的钱天经地义。曾经在我的文章里，我也写过一些男性朋友或同事，在结婚后或确立男女朋友关系后，会把工资卡上交给妻子或女友管理。

但是，这样的前提是：一、他们的感情稳定；二、女人不败家，持家有道；三、男方没有怨言；四、女人能照顾男人感受，体贴男人。

姑娘，如果你只知道心疼自己，自己什么都挑最好的，而男友买什么都不行。我想说，你当男友是你的摇钱树吗？男人也需要你的关心和疼爱，你的关心体贴是他前进的动力，也是他爱你的动力啊！

03

如果你有一个优秀的男友或者老公，你应该感恩他的父母。感恩他们含辛茹苦培养了他，才有了现在的他，和现在的生活。

如果你的男友或老公是一个孝顺的人，你应该庆幸。很难想象，一个连自己父母都不孝顺的男人以后会对你好一辈子。也很难想象，一个不孝顺自己父母的人，会孝顺你的父母。

在我的身边，有这样一个家庭：每到过年过节，或一些特殊的日子，夫妻二人就会分别给对方的父母置办礼物。是的，是给对方父母！而每次，两个人都会不约而同地给出比对方的期待值要高一些的礼物。比如，妻子认为这次给父母 200 元的礼物或红包就可以，但丈夫会准备出 300 元或 400 元的礼物。同样，妻子也会准备出高于丈夫期望值的礼物给对方父母。

如此，他们的家庭一直和谐美满。

所以，姑娘，如果你男友或老公的期望值是 200 元，如果你给 300 元或 400 元，那他一定会感恩你。感恩你是一个孝顺、大度、懂事的姑娘。遇见你，是他的幸运！

同样，你如此对待他的父母，他也会如此对待你的父母。

所以，爱他，爱他的父母，就是在给他、给你们的爱情"充值"！

04

最后想说，姑娘，请做一个自立的女子。

你可以爱自己，但是，不可以强迫别人来爱你。如果你想买买买，就自己去挣。你想别人怎么爱你，你就怎么爱自己。

他若真的爱你，他会心疼你，会主动给你想要的；他若不爱你，你即便要来了，也会让他看轻你。

还有一些男人，在分手后，会跟你算清账，为你买过什么，在你身上花过什么钱，他都一一记录在册。

有一个妹子，跟一个男生见过三次面，男生迟到三次。三次见面，总共吃饭花费三百元左右。当这个女生觉得他不是她要找的人，各方面不合适，结束交往时，男人扔给她一句话："你不愿意，为什么要我花钱？"

讲这个故事，想说明两件事：

一、不是所有的男人都大气、大度，遇见了要好好珍惜。你所能花的，都是爱你的男人的钱，谁挣钱都不容易，这钱是他辛苦挣来的，不要挥霍。

二、尽量不要花男人的钱，不要让钱成为你的把柄。你可以相信男人，但不要依赖男人。他若爱你，可以为你锦上添花；他若不爱你，你也可以自食其力。

结束语

爱情是两个人的爱情，未来也是两个人的未来。你凭什么让他一个人去付出，去争取，而你独享其成？

任何时候，请记得换位思考。

没有人是傻子，那个愿意在你面前当傻子的人，只因他爱你！

爱情的死穴，你一定要知道

小蕾跟军分手了。

一个人把自己闷在家里，每天除了上班，就是回家。不见同学，不参加聚会，没有任何社交活动，节假日也不回家看望父母，微信朋友圈没有任何动态，所有的微信群里都没有她的身影，仿佛人间蒸发了一般。

如此，足足两个月。

当我找到她时，看她面庞消瘦，没有一丝血色，重重的黑眼圈仿佛化了烟熏妆。见到我，没有任何惊喜，还没等我开口，就抱着我哭了足足两分钟。

"熳熳,你说,我事事顺着他,迁就他,为什么他还要跟我分手呢？他不喜欢强势的女生,可我一点也不强势啊……"

想起她跟军的过往,我心里清楚,如果换成另外一个男人,或许也会跟小蕾分手吧。

02

军有一家自己的小公司,军的前任小雅是个医生,他们也是老乡。在一次聚会上,军认识了正在读研的小雅,可能因为是老乡的关系,两个人很快熟悉起来。

工作后的小雅发现她的硕士学历在医院里并不显眼,便决定读博。此后,小雅不是出国读书,就是进修,要么就是在搞自己的课题。春节时,军想带她见自己的父母一起过个节都无法如愿。

两个人经常为了这些事情争吵。但小雅从不妥协,她希望趁年轻多专注事业,不愿因为爱情而影响自己的工作。军选择了放手。

分手后,一个偶然的机会,军遇见了小蕾。军告诉她,他需要一个顾家的女人,不要那么强势。他可以挣钱养家,可以包揽所有的家务,她有一份清闲的工作就好。

小蕾简单、温婉,事业上没有小雅那样的冲劲,有一份可以养活自己的工作。她想,自己应该就是军想要找的那种女生吧。

与军相处的日子里，小蕾仿佛换了一个人。

有一次我们几个打算周末去摘草莓，问小蕾要不要一同前往，她曾经叫嚷着只要去摘草莓一定要叫上她的。结果，她说要问问军，如果有其他安排就不去了。

军说，他比较宅，不打算去，如果小蕾喜欢，可以自己一个人去。小蕾有些失望，她本以为军会陪同，可是他没有。那天，她陪着军在家里窝了整整一天。

小蕾见我经常看书码字，用业余时间运营公众号，这激发了她写作的欲望。她兴奋地跟我说："熳熳，我上学的时候，作文经常被当范文来读呢，也曾有过当作家的梦想。我跟你一起写吧，你监督我呀。"写作路上又多了一个伙伴，我欣然答应。

一个月过去了，两个月过去了，我一直不见小蕾有任何实际行动，某天想起来，便问她缘由。她不好意思地笑笑："唉，哪有时间啊！早上醒来跟他发个信息，聊几句就停不下来了。不是在给他发信息，就是在等他回信息。另外，军不希望我经常熬夜或早起，那样太辛苦了。他说，女孩子要多睡美容觉，不用瞎折腾。唉，算了，我的作家梦以后再说吧。"

我不以为然，但也不再勉强。

恋爱后的小蕾周末出来跟大家小聚的时间越来越少，即便出来了，三句话不到，话题就回到了军身上。吃到什么好吃的，她就迫不及待地发照片给军。虽说人是出来了，但心时刻在军那里，只要手机一有动静，她便不顾我在跟她讲话，立马回复，甚至有的时候吃着饭，就开始了跟军的"斗图模式"。

有时候，信息发过去，对方没有秒回，她就开始胡思乱想，缠着我问："燡燡，你说，他怎么这么久没有回复呢？"上洗手间的空当，她也要拿着手机，生怕错过。

军成了她生活的中心。军不赞成的，她必定不会做；跟军计划有冲突的，她必定修改；军感兴趣的，她必定关注。

她活成了军的影子。

04

如果一段感情总让你患得患失、失去自我，那这段感情多半是不会长久的。

私下里，我问过军为什么跟小蕾分手，他的回答也证实了我的想法。

军坦言，他喜欢的是优秀但在他面前温柔而不强势的女人，一个能给他支持但又不遮挡他光芒的女人。没错，他喜欢顾家的，也可能不需要女人挣很多钱，但他还是希望女人有挣钱的能力。即便有一天他生意失败，这个女人也有能力撑起这个家。

在军的眼里，小蕾是个好姑娘，但少了些主见和想法，他需要的并不是一个事事围着他转的女人。

军的话让我想起了演员刘涛和她先生王珂的故事。

2008 年 1 月刘涛嫁给王珂，并退出娱乐圈，在家相夫教子。可在丈夫遭受金融危机的重创而破产后，2010 年，刘涛宣布复出，拼命接电视剧、拍广告，跟丈夫一起度过难关。

刘涛是我喜欢的女演员之一，不只是因为她长得漂亮，更重要的是在她身上我看到了一个女人能屈能伸的样子，当得了阔太，也拼得了事业，任何时候，都有站起来的能力。也正是因为如此，如今的她才更加赢得了丈夫的尊重和爱。

女人需要在爱情里保有这份主动。

我想，军需要的应该就是如刘涛这样的女子。而一个在爱情面前迷失自我的小女生，或许初始阶段能满足他男人的尊严，但时间久了，终究是会腻的，跟小蕾分手也成了自然的事。

05

闺蜜琳是个时间管理达人。她每天的时间表都排得满满的，哪怕是周末，什么时间去加班，什么时间去上韩语课，什么时间去练钢琴，都雷打不动。

有个追求她的男生，各方面都不错，琳对他也颇有好感，但琳从来没有因为他而缺一次课。本以为琳整天忙成这样，会错过一个很好的男生。没想到，男生不仅理解她，还支持她这么做。

那时男生刚好在学车，几个人换着练习。为了能多陪伴琳，男生早早到驾校，提前练习，然后趁其他学员练习的空当出来，陪琳一起吃午饭。

后来，他们在一起后，琳问男生："我每天把时间安排得满满的，那么怠慢你，为什么你还能那么坚持？"

男生回应说："我喜欢独立、有主见的女生，她不需要为了我而改变什么，更不需要因为谈恋爱放弃自己的生活。如果你是一个容易失去自我的人，可能我还不一定喜欢。"

06

女人不要过于强势，但一定要有主见，保有自我。

很多男人并不喜欢强势的女人，你的强势会让他没有了自信。但千万别以为他是喜欢柔弱、没有主见、事事依赖他的女人。

男人不会因为你迁就他而爱上你。只会因为欣赏你而爱上你。

每个人都有虚荣的一面，谁不希望另一半是一个可以让自己引以为自豪的人？又有多少人是以对方事事依赖自己而引以为自豪的呢？

一个人如果爱你，那自然是爱本真的你。可如果你失去了自我，失去了自己本真的样子，那这样的爱情还能维持多久？

人是很复杂的动物。从你失去自我的那一刻起，对方就会一次又一次地试探你的底线。而当你一次次地降低自己的底线时，那你在对方那里就没有了底线。

一个没有底线的人，没有自我的人，是不会赢得尊重和爱的。

这就好像在一个家庭里面，那些能赢得孩子尊重和爱戴的，不是一味打骂他的人，也不是一味宠溺他的人，而是有原则地爱他的人。

爱一个人，不能以牺牲自我为代价，否则你的爱会显得特别廉价。

所以，亲爱的，任何时候请记得避开爱情的这个死穴：失去自我。

对的时间
做对的事

///

在这个爱情可以不问性别的年代，不要仅仅因为一个人的年龄来

判断他是否成熟，是否有担当，是否靠谱，

更不要仅仅因为年龄而忽略了一个人对你的感情。

你不是慢热，你只是没有遇见对的人

01

自称"慢热"的人，一般有以下几种情形：

一、真的慢热，跟谁都不会一下子投入太多的感情，只会随着时间的流逝慢慢跟别人熟络起来。对自己喜欢的人或喜欢自己的人，都不会轻易动感情，就像一块冰山一样，需要时间来融化。一旦融化，便认定对方，很难移情。

二、自以为"慢热"，其实是没有遇到对的人。不知道自己喜欢什么样的人，一直在爱的路上摸索，在相处过程中总觉得哪里不对，即便交往再久，也没有爱的火花。直到，遇见对的人，才知道原来自己也可以如此心动。

三、打着"慢热"的幌子，把对方当备胎。分明不是那么喜欢，却以自己"慢热"为由，不主动，不拒绝。

第一种情况在我的思维里几乎是可以被忽略掉的。你确定自己要很久才可能喜欢上对方吗？如果对方是其他某个你很欣赏的人呢？

多数"慢热"，我觉得都是感觉对方没有那么美好，或者是离自己理想中的人有一段差距造成的。

02

昨天 M 先生跟我说，他好像恋爱了，跟一个相识不到一个月的女生。他问我，什么时候表白比较合适，因为他能感觉到那个女生对他也是比较满意的。

M 先生一直觉得自己是一个慢热的人。可是，这次经历让他知道，自己并不是慢热，所谓的慢热，不过是没有遇到对的人。

在过去的几周里，他想到的全是那个女生，看到什么有趣的信息就想跟她分享。昨天填写快递单，地址栏里，他竟然一不小心写上了那个女生的名字。

听了 M 先生的讲述，我笑着说：**"你这哪是慢热啊？分明是烧水用的热得快啊。"**

M 先生不好意思地笑笑，便不再否认。

M 先生是个有点腼腆的人，即便跟熟悉的朋友或同事讲话，他都很少看着对方的眼睛。当年是初恋女友倒追的他，两个人相处三个月，连手都没有牵过，我们只能干着急。

初夏的夜晚，姑娘穿着高跟鞋，硬是绕着池塘跟他边走边聊，走了十圈。

然而，他竟然什么都没做！

我们直呼，白白浪费了一个好姑娘、一个美妙的夜晚。

M 先生倒也不着急，悠悠地说："**我是个慢热的人，让我爱上一个人，需要一点时间。**"

最后，还是在他的生日那天，姑娘主动亲了他，在大家的起哄下才把他拿下。直到现在，我们谈起这事，都会笑话他。可惜，他们最后还是没有走到一起。

M 先生是一个完美主义者，偶有挑剔。他喜欢的女生，要具有贤妻良母的特质，长得不能差，至少要看着舒服、顺眼，学历、能力不能低，三观要与他相符，不能闷。重要的是，相处有感觉。

而昨天他提起的姑娘跟他理想中的类型还算接近，无论是微信聊天还是见面，都舒服自然，看着也算顺眼，举手投足都深得他心。

见第一面时，M 先生有些羞涩，甚至有些局促不安，也不知道该聊些什么。略显拘谨的他，眼睛都不敢看着对方。没想到，姑娘却落落大方，仿佛多年未见的老友，亲切自然。不一会儿，他们便谈笑风生。一顿饭的工夫，两个人便亲近了不少。

本以为第一次见面吃顿饭就匆匆别过，哪知两个人又去看了电影，才依依不舍地离开。

03

很多人都以为自己慢热，其实是对方还没有让自己心动，需要时间来了解，去深度发掘。如果对方人还不错，在别人眼里还算是个"好"姑娘或"好"男人，可就是没办法打动自己时，我们便会以为自己慢热，要不，别人怎么都觉得好，而自己却没有感觉呢？

闺蜜也曾以为自己是一个慢热的人，跟一个喜欢她的男生交往了几个月，连手都没有牵过。虽然她深知对方是一个靠谱、敬业、顾家，又爱她的男人。她曾单纯地以为自己只是慢热，可是在后来交往的几个月里，她依然无法产生对他的爱慕之情。周末见面成了一种机械的仪式。

这样的交往于她而言就是一种煎熬。最后，他们平静分手。

闺蜜以为自己失去了爱一个人的能力。否则，为什么对这样的男生没有感觉呢？

后来有一次，在班车上，她正睡眼迷离，突然听到一个男中音说着一口纯正的美式英语，顿然睡意全无。一个矮胖的男子坐在她前方 45 度角之处，正对着手机讲话，语速不疾不缓。她被他深深吸引。

"谁说喜欢一个人一定要始于颜值的？才华也可以！"闺蜜后来笑着跟我说。这件事让她对自己有了新的认知：她并不是慢热，只是对不那么喜欢的人才这样；她也不完全是以貌取人，也以才取人。

有些时候，我们害怕辜负别人，也害怕被别人辜负。所以，在感情的道路上小心翼翼，只有发现一切都熟悉了，才觉得顺理成章，比较可靠。但可别忘了，有时候这样的情愫未必是爱，或许只是一种习惯。

两个人交往三个月、半年甚至一年以上还是没有碰撞出爱的火花，我真不认为你仅仅是因为慢热。即便最后走到一起，可能也是被对方感动，或者是用"没有人那么完美"来努力说服自己，告诉自己不要那么挑剔。甚至是因为习惯，习惯了身边有这么一个人而已。

04

慢热，有的时候是一句搪塞，是对看起来合适却又不那么喜欢的人的一句不费力的解释：不是你不够好，也不是我不喜欢你，而是我慢热。

慢热，也是一句自我安慰：不是我没有努力，是我生性如此啊。

其实，遇见对的人，哪有时间慢热？生怕慢一拍，对方就被别人抢走。

我比较认同所谓的"三个月理论"。如果两个人以恋爱为目的相处三个月，还是没感觉，那就很难有感觉了。即便在交往过程中被对方感动，那也不是爱。

所以，不知道对方是否适合自己时，可以试着频繁接触三个月。在这三个月里尽可能多地了解对方，如果这个人还是无法"点燃"自己，而你又是一个比较在意感觉的人，那么无论对方好不好都不要再继续下去。

当然，如果你非常理性，那另当别论。

"慢热"本是一个中性词，无所谓好坏。只是我们需要清楚地了解自己，不因"慢热"而迷失。更不要成为"慢热"的第三种情形，把慢热当成一种借口，伤害了真正爱你的人。

结婚有什么了不起，幸福才是本事

01

你又被催婚了吗？

家里爸妈和你的那些亲戚还在一年年地帮你数着渐长的年龄吧。

讲真话，对多数人而言，结婚是一件非常非常容易的事。遇见那个合适的人，眼一闭，牙一咬，结了！

可是，你爱他（她）吗？你跟他（她）在一起幸福吗？

很多人没有结婚，并不是没有合适的人，而是自己选择了暂时不结婚，因为看不到结婚后的幸福。

02

网络上曾疯转郭晶晶和霍启刚在《极速前进》里的各种恩爱镜头，真是虐死一大片"单身狗"啊。

登场时，两个人十指紧扣，自我介绍，更是蜜意浓浓。

霍启刚："大家好，我是霍启刚。"

郭晶晶："我是霍启刚的老婆，郭晶晶。"

霍启刚然后甜蜜蜜地补了句："我是郭晶晶的老公。"

节目过程中，他们更是大秀恩爱，霍启刚在各种炫妻模式和护妻模式里自由切换：一会儿亲亲，一会儿牵手，一会儿击掌，一会儿拥抱。那个甜蜜劲儿真是羡煞旁人。任务结束后，首先关心的是老婆好不好；就算成绩垫底，也没有抱怨，只有鼓励。

在日本，由于气温太低，霍启刚怕老婆冻到，便脱下外套给郭晶晶，自己裹着保温纸御寒；在亚特兰大，微博久未更新的霍启刚，时隔22个月发布微博纪念这一特殊的日子："今天是值得庆祝的日子！20年后重回亚特兰大！跟老婆极速前进！"

相恋12年，霍启刚对郭晶晶依然爱意满满，亲密互动，不做作，真情流露，这样的幸福即便是普通情侣也是难得。

郭晶晶说，结婚四年，霍启刚"上班前会煲汤，放工后便会回家煮饭，真的很辛苦！"郭晶晶生完孩子后，霍启刚便坚持为她每天做羹汤！据说，类似倒垃圾这样的生活琐事，霍启刚也会主动"承包"。

再看那些嫁入豪门后不幸福的婚姻，真是各有各的不幸。

突然好想说，明星嫁入豪门也没有什么了不起啊，幸福才是本事！

03

什么是幸福呢？

我一直以为，在爱情或婚姻里，幸福就是你爱的人也爱着你。

不管他是豪门贵公子，还是平民小百姓，如果你爱他，而他也一样爱你，心疼你，体贴你，那就是最大的幸福。

相爱很容易，相处很难。花前月下容易，柴米油盐很难。

有些人不堪家庭或社会的压力，到了结婚的年龄，遇见一个并不爱的人，也就那样嫁了或娶了，结果呢？性格不合，三观不合，没有共同的情趣爱好，没有共同的话题。

于是，婚姻成了一潭死水。

有人说，婚姻嘛，就是搭伙过日子。如果是，那也要找个对的人，幸福快乐地搭伙。

04

认识一个姐姐，长得特别俊秀，气质也很好，是个瑜伽教练。

当年，在父母的催促下匆匆跟一个男人结了婚。

婚后，男人的各种陋习开始显现出来。在姐姐怀孕的日子里，男人经常以各种理由在外过夜，有时更是喝得醉醺醺地回来。怀孕的姐姐一边自己强忍着难受，一边还要照顾这个烂醉如泥的男人。

终于熬到把孩子生了出来，母亲心疼她，便把她接回娘家坐月子。月子里，男人便越发肆无忌惮了。

父母看在眼里，痛在心里。一来，考虑到襁褓中的孩子；二来，生怕月子中的她积下什么病，所以让她离婚的想法一直没有说出口。

这场婚姻给了姐姐不小的打击，所以那个时候身体一直不好。也因为此，她才结识了瑜伽，爱上了瑜伽，并立志成为一个瑜伽教练。

随着孩子渐渐长大，读了幼儿园、小学，到现在开始读初中，她终于下定决心离开这个男人，重新开始自己的生活。

她说，**低质量的婚姻，不如高质量的单身。**

离婚后，她仿佛换了一个人。每天四五点就起床练习瑜伽，然后出门上课，永远是精致的妆容，得体的服饰。生活优雅，又有情趣。

我问她："你还会再结婚吗？"

她不假思索地说："会啊，只是这一次一定要找一个真正相爱的人。相对于结婚，幸不幸福才是最重要的。领个证也就九块钱的事。"

是啊，九块钱就可以获得一场婚姻，可九块钱却并不一定让你拥有幸福。

05

身边很多朋友结婚了，可那些让人羡慕的人，并不是因为他们已婚，而是他们很幸福。

A 姑娘结婚五年，恋爱十二年。老公是她的同学，十二年来一直对她呵护备至。每天上班送她到公司，下班准时来接。每个生日，老公从来不会忘记，亲自下厨（当然，平时也是老公下厨），有蛋糕，有鲜花。

记得 A 姑娘说过一段令她感动的事情。有一次，老公为了接她下班，在公司楼下等了半个小时，送完她回家后，又匆匆赶回公司和同事聚餐。原来，他们公司那天部门聚餐，为了接老婆，他找了个理由出来，送老婆安全到家后，他才又赶了过去。而这一切都是等他做完了才跟 A 姑娘讲的。

其实看一个人婚后是不是幸福，就看她是不是比以前更快乐，脸上的笑容是不是绽放得更灿烂。

我们看到的 A 姑娘，每天都春风满面，面如桃花；我们看到的郭晶晶，也是含笑娇羞的。

不要羡慕别人结婚，幸不幸福才是最重要的。

愿你结婚后还是很幸福！

女人，你为什么结婚？

01

某天，M 先生问我："女人为什么要嫁人，真的想明白了？还未来得及报答自己的父母，就要去孝顺别人的父母，是不是有毛病？"说完，他给了我一个大大的笑脸。

M 先生有个女儿，我猜想，或许他看着姑娘一天天长大，心中有各种不舍和失落吧。

我没有直接问他。

只是，他的话却触动了我，使我内心五味杂陈。

女人结婚后，告别养育自己多年的父母，来到一个陌生的家庭。

然后，操心着这个家庭的里里外外。而自己的父母却可能连见面都会很少。

我不禁问自己，女人为什么要结婚嫁人呢？

02

在我小的时候，我就天真地跟我妈说，我要陪着她，不嫁人。我妈哈哈大笑，说，好，不嫁人，在家陪爸妈。

直到长大后，遇见过喜欢的人，才知道自己做不到。因为喜欢，你就会期待那个人一直在你身边，因为跟他在一起，不管做什么事，你都会感觉到很快乐。

所以，**在我的概念里，结婚一定是因为喜欢，一定是因为爱情。**

或许部分人不赞成我的想法，结婚不就是找个人搭伙过日子吗？什么喜欢不喜欢的，喜欢又不能当饭吃。

可如果结婚就是搭伙过日子，那我也想找个喜欢的人搭伙啊。

即便是公司合伙人，你也要找一个性格相投，聊得来，彼此欣赏的，更何况是打算找个一辈子搭伙的？

03

我以前胃不好，曾经有一段时间，吃什么都胃胀，以为自己得了不治之症，心里难过极了，心想着我还年轻，我还没有结婚嫁人，以后还有很长的一段路要走，不能就这么挂了。

一天，我一个人躺在床上，后半夜的时候胃痛难忍。吃了点胃药，依然不见效。我不敢叫醒邻居，一个人辗转反侧，汗珠顺着脸颊淌了下来。心里好想有个人在我身边，哪怕给我一杯温水、一句安慰。

天亮后，我去了医院。为了检查得彻底些，我做了胃镜。因为害怕，选择了做无痛胃镜。所谓无痛，其实是用麻药。

医生要求家人陪同，因为用药后人处于昏迷状态，就算醒来也有个缓冲的过程。

没有男朋友，没有老公，我只好叫上了我的闺蜜。我第一次有那么强烈的愿望想要有老公在自己身边。

父母不可能陪我们走到最后，再好的朋友也有家人、工作，不可能永远随叫随到。唯有那个叫"老公"的男人，才会在我们需要的时候给我们亲人般的温暖。

结婚，一定是因为那个人可以给你温暖呵护，就算父母不在身边，他也可以成为那个让你依靠的人。

04

结婚前，每个女人都是父母眼里的孩子。

而结婚后，那个曾经在父母面前脆弱、在爱人面前娇柔的女孩，便会渐渐成长为一个坚强、有担当的女人，继而成为一个战士般的母亲。而这，是你的父母永远无法给你的，是停滞在原生家庭里永远无法体会到的。

　　我有一个朋友，叫她 A 姑娘吧，是家中独女，家里条件也不错。以前我们放暑假，父母要是忙，都会帮着家里做些事，比如做饭。而 A 姑娘在结婚前，无论是中学还是大学，假期里从未做过一顿饭，也很少做其他家务。

　　每次去她家，她的母亲就会跟我说，她这个女儿有多懒。A 姑娘听了也不生气，微微一笑，懒就懒呗。

　　如今，她是一个孩子的母亲。她现在做的饭是我之前做饭的总和，她学会了做各种菜式、甜点。她先生上班忙，很辛苦，女儿又挑食。她就想着法子、变着花样做可口的饭菜。

　　她说，她现在已经不是当年那个娇气的丫头了。婚姻让她成长。她先生是她欣赏的男人，为了他，她要做更好的自己。所以，在工作方面，A 姑娘也一直在进步。

　　而这一切，她的先生都看在眼里。

　　也许，结婚就是要找一个人，让他见证你的成长。陪着你，从一个懵懂的女孩，成长为一个成熟、睿智的女人。

05

　　以上提到的这些理由，或许还不能打开文章开头 M 先生心里的结。

　　其实，如果找对了人，父母并没有失去一个女儿，而是多了一

个儿子。**心疼你的男人，也一定会心疼你的父母，善待你的亲人。**

我的一个同学，B姑娘，有一个很疼爱她的老公。B姑娘的父母身体不好，每次来上海检查都要花不少钱，而这些开销都是B姑娘和她先生来出。

B姑娘有一个弟弟，曾经因为做生意亏本了，一些人的钱补不上，后来进了监狱。因为弟弟的事，父母心情一直不好：一来担心她弟弟，二来生怕儿媳妇因为这件事跟儿子离婚。

B姑娘每次回娘家都要给弟媳妇还有孩子买衣服、鞋子，各种吃的玩的。有时，还带他们出去旅游。

而她所做的这一切都得到了她先生的支持。她先生也从不会因为这些琐事有一句怨言。在他眼里，他们是一家人，是亲人，老婆的事就是他的事。

所以，不能狭隘地以为女人结婚了，父母就永远失去她了。好的婚姻，不仅没有让自己失去女儿，还会增添女婿的一份孝心。

06

其实父母那辈的人，我很少在他们眼里看到什么爱情。但在他们的婚姻里，我看到了亲情，看到了永恒。

我的母亲是个性格比较急躁的人，而我的父亲要平缓很多。很多时候，母亲看不惯他做事缓慢的样子，就会拌嘴，如此他们拌了一辈子。但是，他们从来没有想过谁要离开谁。我的父亲也永远知道，在这个世界最心疼他的人是我的母亲。

几年前，父亲在骑车时不小心被人撞伤了腿，每到冬天，那条动过手术的腿就会因血液流通不畅而冰凉。而母亲，便会睡在床的另一头，把父亲的那条腿抱在怀里，用身体给他温暖。

无论母亲对父亲说多狠的话，父亲都从来不会往心里去。

因为懂得，所以包容。

婚姻能带给女人的，或许除了成熟，还有这份懂得吧。因为这份懂得，你愿意守着他一辈子。

如果这个男人不疼你，不爱你，不懂你，给不了你依靠，也无法让你成长。那为什么还要结婚呢？

谁说比自己小的男人不能嫁？

01

沛沛曾跟我说，公司里一个比她小一岁的男生在追她。

起初她没在意。几次抬头，她发现那个男生正看着她发呆。被沛沛发现后，男生不好意思地埋下头继续工作。

早上他给沛沛带她爱吃的鸡蛋饼，说是顺路；晚上看沛沛加班，说他刚好也有事没做完；沛沛喜欢张嘉佳，他就买来《从你的全世界路过》，地铁上看，中午休息的时候也看，偶尔会跟沛沛聊张嘉佳的经典句子，聊故事里的人物情节；公司组织活动，他就有意无意地跟沛沛一组。

明眼人都看得出来，他喜欢沛沛。

可是，沛沛没往心里去。比自己小的男生，沛沛从来就没有考虑过，小一岁也不行。

02

沛沛是"大叔控"，总觉得比自己大的男人更成熟，更宠溺自己。无论哪个年龄段的女人，都希望自己被爱的人宠着。在他面前，可以永远不要长大，可以撒娇，可以任性。有时候，女人就是这么天真。

一个姐姐给沛沛介绍了个男朋友，比她大九岁，是个大学老师。

沛沛本以为找了一个比自己大这么多的男朋友，生活上、工作上可以对自己有所指导。没想到，三十多岁的男人过着学生一样的生活。

男人因为一些原因不上课，拿着基本工资，勉强够自己一个人生活。平时除了看书、练字、打球，其他的生活技能都很差，处处要沛沛操心。遇到问题，也不知道如何处理。

好在父母和姐姐生活还不错，给他买房付了首付，可一想到婚后所有的生活压力全都在自己一个人身上，沛沛感觉自己像只泄了气的皮球。若是结了婚，总不能还跟父母、姐姐伸手吧。

可每当说到这些现实问题的时候，男人总是用一句"车到山前必有路"把沛沛挡了回去，依然过着他的小日子。他的各种思维方式都停留在学生时代，三十多岁的人，还在为儿时没有拥有很多玩具而耿耿于怀。

还没开始一起生活，沛沛就感觉到累了。这个比她大九岁的男人竟然如此不成熟。她宁可选择一个家境一般，可以靠着两个人的努力一起挣到未来的成熟男人，也不愿让自己面对一个还没有长大的巨婴而身心疲惫。

她选择了放手。

虽然没有想过要依靠男人，但是，她还是希望有一个人在她累的时候，能为她分担，能让她看到希望。

她也终于明白，**年龄与一个人的成熟与否，没有必然的联系。**

03

就在沛沛为这段感情黯然神伤的时候，那个比她小一岁的男生由于工作认真努力，各方面表现不错而得到晋升。

沛沛也发现他处理问题有礼有节，面对客户不卑不亢。虽然一直没有被沛沛接纳，但他对她没有任何偏见。那种分寸的拿捏让沛沛对他另眼相看。

就像村上春树说过的：如果我爱你，而你也正巧的爱我，你头发乱了的时候，我会笑笑的替你拨一拨，然后，手还留恋地在你发上多待几秒。但是，如果我爱你，而你不巧的不爱我，你头发乱了，我只会轻轻地告诉你，你头发乱了哟。

他就是那个会轻轻告诉她，你头发乱了的人。

沛沛发现自己开始越来越信任他，工作中的困扰也乐于跟他探讨，只要有他在，总会有解决的办法。

她开始为自己曾经的想法后悔，转而对他的信赖与日俱增。不知道是不是日久生情，反正，那个男生成了为她拨一拨头发，然后手还可以在她发上多待几秒的人。

04

爱情啊，谁说一定要以年龄来论深浅？

《一个人的撒哈拉——三毛传》里，三毛对比自己小 8 岁的荷西起初也是不放在心上的。没想到，阔别六年，去掉一身稚气，这个大胡子男孩给了她想要的家和温暖，以及一颗愿意陪她流浪的心。

他疼她，他懂她。

无论是先前的梁光明，还是后来的王洛宾，没有人能像荷西那样用整个生命来爱三毛。

可叹。荷西之后，再无三毛！

05

一个人若是爱你，就算比你小，他一样会疼你宠你，把你当成没有长大的丫头；一个人若是不爱你，或是不够成熟，就算比你大，他一样会把你从一个萌妹子逼成女汉子。

香港女星洪欣比张丹峰年长 11 岁，结婚 8 年，依然爱到肉麻。谁说嫁给比自己小的男人就一定不幸福？

所以，亲爱的，我想说的是：

1. 一个人是否成熟，与年龄不一定成正比。

有的人三四十岁了还没有长大，思想不成熟，想法很幼稚；而有的人二十来岁就有了相当成熟的判断力、为人处世能力、解决问题的能力等等。

成熟的是人的思想，不是年龄。

2. 一个人是否有担当，与年龄没有必然关系。

我们要嫁的，是一个有责任、有担当的男人。有些家庭里，男人遇到问题就逃避退缩，甚至两手一摊，把问题丢给女人。这样的人，就算到了五六十岁也是如此，真的跟年龄没有关系。

3. 一个人是否爱你，与年龄没有必然联系。

谁说嫁给比你大的男人，他就一定宠你爱你？未必啊。

没有人规定，比你小的人付出的感情一定不如比你大的人。

4. 你想要的安全感与年龄也没有必然联系。

在女人眼里，比自己大的男人应该更宽容，让她们更有安全感。可这也是要遇上一个在乎你、爱你的人。

写这篇文章，我并不是鼓励姐弟恋。

只想说，在这个爱情可以不问性别的年代，不要仅仅因为一个人的年龄来判断他是否成熟，是否有担当，是否靠谱，更不要仅仅因为年龄而忽略了一个人对你的感情。

两个人在一起，性格相似好还是性格互补好？

01

到底找一个性格相似的人会比较和谐、稳定，还是找一个性格相异的人会比较融洽呢？不同的人有不同的答案。

正常来说，我们一生只能跟一个人相守，没有试错的机会，所以很多人都比较纠结。

有人说，找一个性格相似的，这样比较有同理心，容易沟通和理解；也有人说，找一个性格互补的，比如一方性格急躁，另一方就要相对温润一些，要不在一起成天吵架。

而我发现，性格相似的两个人在一起要比性格相异的两个人走向婚姻的成功率要高一些；结婚后，性格相似的，相对来说也较稳定。

有研究表明，在最初的激情降温后，性格相似、价值观相似的一对能让爱情的小火苗持续的时间更久远。

02

初始，性格相异的人可能更容易给你一种特别的感觉。

我有一个朋友，A 先生，性格沉稳，比较居家，喜欢上了一个比他大两岁的女生，叫她叶子吧。叶子精明能干、活泼开朗，人群中你总能听到她银铃般的笑声，人缘也是极好的。无论男生还是女生都愿意跟她相处。A 先生自然也被她深深吸引。

有个倒追 A 先生的姑娘得知此事后，不时去找叶子的麻烦。A 先生大怒，并放言说，谁敢让叶子不好过，他就让谁不好过。

叶子听闻此言，不禁深深感动。在众多追求者中，情定 A 先生。

相识、相知、相恋，如此美好。叶子无论去哪里玩，A 先生都跟着，仿佛成了她的影子。婚后也是如此。

然而，叶子天生爱自由，几乎每天都有应酬，每个周末都要跟朋友混在一起。时间久了，A 先生有些坚持不住了。内心深处，他更多地还是想多一点二人世界，多一点温馨，少一点喧嚣和繁杂。

为了迎合 A 先生，叶子每天按时回家，努力做一个贤妻。可惜没坚持多久，叶子就按捺不住了，如此寡淡的日子，多没情趣啊！

叶子脸上少了往日的笑容。

既然我迁就了你，那你也要对我有所忍让。叶子迁就了 A 先生，那在生活中，她对他的要求也就有了提高。久而久之，两个人口角越来越多，一点鸡毛蒜皮的小事都会让彼此不愉快。最后，两个明明相爱的人，却不得不分手。

03

朋友 M 先生离婚了。前阵子聚会，我们问起他离婚的原因。他叹了口气，说是性格不合。

M 先生跟他前妻是大学同学，怎么还会有性格不合这种事呢？

M 先生性格急躁，在美国的时候，两个人既要学习又要工作，加上离得比较远，顶多周末见个面，有时路上的时间比两个人真正待在一起的时间还要长。

见面除了吃个饭，其他能做的事情也就不多了。因为，真的没有时间。

结婚后，M 先生发现妻子做什么都很慢。上厕所慢，洗澡慢，洗衣服慢……每次出门，M 先生都要等许久。

有一次 M 先生的母亲来家时，发现儿媳妇洗一条内裤洗了十多分钟，便跟 M 先生抱怨这个媳妇做事情太慢了。M 先生对妻子也越来越不顺眼，抱怨也越来越多。

急性子的人永远无法理解慢性子的人，为什么本该五分钟可以搞定的事，你却花了十分钟？而对慢性子的人来说，这十分钟都是她紧赶慢赶赶出来的。我已经很努力地去配合你了，你还在对我如此挑剔？真是太过分了。

这就是两个不同性格、不同频道的人的想法。

04

所以，在我看来，性格相似的人在一起生活比较合拍。

我的朋友 A 姑娘跟她老公都属于性格比较迟缓温和，但又特仔细的类型。他们家是 A 姑娘做饭，老公洗碗。A 姑娘比较注意细节，她会一边做饭，一边收拾厨房，所以你看她做完饭了，厨房几乎跟做饭前一样干净。但因为她比较拘小节，所以做饭时间也相对长一些。但是，她老公也习惯她了。就算饿了，也不会皱着眉头叫喊或发牢骚催促。顶多会问一句，老婆，什么时候可以开饭啊？

A 姑娘回复一句，快了。然后，见她老公哦了一声，便乖乖到沙发上刷手机了。

吃完饭，她老公就很自觉地去洗碗。出于好奇，我观察了一下。她老公先把剩的菜渣倒入垃圾袋，然后用水龙头冲一遍碗，把上面的油冲掉七八成。然后再倒洗洁精在洗碗布上，这样洗洁精擦到哪里，哪里就干净了。最后，再用清水冲洗两遍。

你以为这就完了吗？没有。他又取出一块干毛巾，把每只碗小心翼翼地里外擦了一遍。最后，把碗放到碗橱相对应的位置。

你以为这就完了吗？还没有。他又拿出一块专用毛巾，沾了一些洗洁精，把水槽四周抹了一遍，然后用清水洗净，毛巾拧干，才算了事。

所以，光洗碗，她老公就花了差不多一个小时。但 A 姑娘从来不说她老公。一来，她说男人做家务批评不得，要鼓励，要赞美，这样他才会有积极性保持下去；二来，她自己的性格也是如此，她也想快，但是，总觉得快了哪里没做好，所以就由着他了。

或许你觉得做饭洗碗这样的小事犯不着放到台面上来讲。但是，过日子不就是这些点滴小事吗？

曾经还听说过两个人因为挤牙膏方式不同而吵架离婚的。

总的来说，相似性格的人在一起会比较合拍一些。

05

虽然性格相似的人在生活中更合拍，双方也更有安全感，但是，过于相似，时间久了容易失去新鲜感，让人厌倦。所以，还需要一些差异化。

什么样的差异化才能让彼此舒服，让恋爱充满活力呢？

性格相似，需求互补。其实这才是大多数人所需要的。

互补，是指能让我们更美好的东西。

比如，你英语不好，而一口流利的英语是你想要拥有却无法获得的技能。那么，如果对方刚好有这项技能，那他在你心中的形象就会马上高大起来。

比如，性格内向的男生容易被健谈、开朗、爱笑的女生吸引，因为对方弥补了自己不善言辞的不足。女生亦然。性格内向的女生，也是容易被开朗、健谈的男生吸引的（是健谈，但不是话痨）。

再比如，涉世未深的少女容易对成熟稳重的大叔产生好感，等等。

以上说的这些"差异"并不是我们在寻求另一半时刻意追求的，只是，对方身上如果具有我们想要的特质，那么，就会弥补我们的不足，让我们更加完美。因此，情不自禁地，我们会为对方身上的这些特质或"差异"所吸引。

我们每个人或许在找的，就是那个让自己变得更完美的人。

需要留心的是，这样的差异没有影响到自己的生活，没有干扰到自己的生活方式。

06

唐·伯恩在《吸引力的范式》里谈到，对陌生人产生好感，由当事人能够感觉到的相似性的数量来决定。

所以，不要说结婚后性格相似的人相处起来更容易，多数人在交友初期也是在寻找与自己相似的人。这就是所谓的"物以类聚，人以群分"吧。

经常听人说，要找一个相处起来舒服的人在一起。那你觉得和性格相似的人在一起舒服呢,还是和性格相异的人在一起比较舒服?在我看来是前者。

人到了一定年龄后，很多习惯是很难改的，性格更是如此。

当一个人爱你的时候，他可能会约束自己来配合你。时间久了，他也会累。

说了这么多，你会觉得爱情真是件麻烦的事。其实，说简单也简单。当你爱上一个人的时候，哪会顾得了他的性格跟自己是相似还是相异呢? 没错，太理性就不是爱情了。

另外，当我们爱上一个人的时候，就会夸大对方与自己的共性，而对那些差异视而不见或主观地认为那些差异让自己变得更美好。

好吧，相似还是相异，你开心就好。

女人这么做，很容易毁掉一个家庭

01

菁子是我认识的女生中比较开朗大方的一个，人长得漂亮，且多才多艺。

在学校的时候，每次文艺演出都少不了她，无论是唱歌、跳舞，还是走个 T 台，都不在话下。这样的女生，自然少不了众多男生的追捧。

我们都很羡慕她。

那时的我们每天除了泡图书馆，就是想着去做点什么，缓解一下生活的压力。至于谈恋爱什么的，简直是奢望（现在想来，有些遗憾，上学时都没有认真谈过一次恋爱）。

后来听说菁子跟一位师兄好上了，毕业后就结婚了。

那位师兄我见过，长得很帅，双眼皮，皮肤白净，符合东方人对男人的审美。头发从来不会耷拉着，总是给人很清爽的感觉，没有很多男生的那种油腻感。个子不是很高，但也不矮，174cm的样子。现在想起来，感觉有点像《何以笙箫默》里何以琛的样子——帅气、冰冷、孤傲。

有的时候觉得上天真是不公平，偏偏宠爱某些人，把能给的都给了她——美貌、才艺、爱情。

毕业后的菁子去了一家公司做行政工作，薪水不是很高。每个月买点衣服、鞋，做个头发什么的，也就所剩无几了。好在，她不用像我们一样量入为出。

菁子老公去了一家瑞士公司，刚进去，薪水就是一般毕业生的两倍多。

工作不到一年，菁子就怀孕了。因为家里也不缺她的那点工资，菁子便心安理得地休闲在家，反正老公可以养她。

宝宝出生后，菁子每天的事情就是带孩子、照顾老公，安安心心地做一个幸福小女人！

而她的"何以琛"就是工作、学习、升职。

刚开始，菁子觉得这样的生活很好，每个月的零花钱变多了，也早已从出租屋里搬了出来，有了自己的房子。一切看起来都是那么美好!

每天，菁子最幸福的时刻就是等老公回来，品尝她花了几个小时做的饭菜，然后夸她一句"老婆真棒"。

02

那天是老公的生日，或许她的"何以琛"自己也忘记了，出门时也没有提起。菁子自然是记得的，为了给他一个惊喜，她决定晚餐要换个花样。

她搜遍网络，找来各种凉菜的菜谱，买来所需食材，拼成想要的图案。又对照食材功效，做了几道热菜，煲了几个小时的汤。

没想到，等到下午六点，老公却打电话回来说："老婆，公司有事，要陪客户，不能回去吃饭了，你先吃吧。"

看着自己忙碌了一天的美食，老公却一点都没领情，菁子越想越生气："不行，你得回来吃饭，我等你!"

八点过去了，十点过去了，快到十二点时，老公才带着一身酒气回到家。

原以为菁子只是说说，没想到真是饿着肚子等到了十二点。

菁子呢？卧在沙发上刷着手机，看着微醺的老公回来便是一肚子气，于是进入"黑脸模式"和"冷战模式"。

菁子怪老公不体贴，老公说菁子不理解自己，往后的日子便越吵越多。

吵架就像衣服上的一道口子，吵的次数多了，口子就会越拉越大。

渐渐地，老公晚回的次数越来越多。

菁子便怀疑老公在外面有了别的女人，越想越生气，越想越觉得像。要不，怎么刚好生日那天有应酬？很少喝酒的他，怎么会那天喝那么多？

猜疑就像一棵罂粟，在心里开了花，妖艳美丽，却剧毒无比。

菁子开始查老公手机，缠着老公问这个人是谁，那个人是做什么的。只要接电话不当着她的面，就觉得有什么见不得人的。甚至，老公加班，菁子也会追到公司，在公司楼下看他是否和别人出入。

他们都怀疑，为什么结婚短短几年，对方都变成了另外一个人。

03

婚姻没有错，当初选的那个人也没有错。

只是，那时的他们彼此都有学业（或工作）、有生活、有自我，除了对方，还有自己的生活。

而此刻的菁子，眼里只有老公和孩子，爱好除了给老公做饭，就是带孩子，生活的重心只有那个她"深爱"的人，生活只有那100平方米。

如果说同龄的女人每天24小时关注的是工作、成长、家人、爱情、朋友、兴趣爱好等等，那婚后全职在家的菁子24小时关注的则全是老公、孩子。

过度被关注，人是会承受不了的。因为，在对方关注你的时候，期待的是同样的关注。当你的时间和精力不足以支撑对方的关注时，对方便认为你不爱了。

而造成这样的结果的罪魁祸首，往往是因为没有自己的生活。

04

或许有人会说，因为有了孩子，没有人帮忙，女人不得不在家牺牲自己的未来。夫妻两个人，总要有一个为家庭牺牲多一些的。

照顾家人无可厚非，甚至不上班也无可厚非，但不可以不工作，可以选择在家做自由职业者，但不可以没有了自己的生活。

在我认识的朋友里，有很多独立、坚强的妈妈。

小艾当年就是把孩子背在背上，在屋里来回踱着步，一边哄着孩子睡觉，一边帮别人翻译资料的。

美女菜菜，一边带着孩子，一边从事着编辑的工作，并利用孩子睡着的时间，打理公众号，现今已是专栏作者，并出版了畅销书。

作者苏苏，也是一位妈妈，有时候聊着聊着，她就会突然冒出一句："嫒嫒，我要去接娃了。"除了带娃、写作，她还考了国家二级心理咨询师，通过不断学习、不断精进，给了自己新的视野。

……

这样的女人很多。或许你会说，自己没有学历，文化程度不高，但只要你想，总是可以有办法的。现在网络这么发达，靠做微商、开网店成功的女性也比比皆是。

如果没有工作，没有生活，那我们每天跟男人可以谈的除了家长里短，还能谈什么？日子久了，你会觉得自己没趣，男人也会觉得你寡淡。

男人挣得多，心疼你，理解你的时候，会让你分享他的成果，可在嫌弃你的时候呢？

保持婚姻关系的时候，或许你觉得他的就是你的，他的钱就是你的钱，可离婚后呢？

05

刚刚在群里聊天时，吴老师说起他们小区的一位全职妈妈，每天除了带娃就是发微信朋友圈。

之前，她每个月最喜欢的一件事就是在朋友圈里晒**老公的工资单，月薪 6 万多，引来众人赞不绝口**。

可突然有一天，她把朋友圈全删了。

一个如此爱炫夫炫富的人，怎么突然沉寂了？

一打听才知道，她们离婚了。

女人不工作，影响的不只是一个家庭的经济收入，更有可能是两个人的感情，毁掉的是一个家庭。

如果男人挣钱能力一般，一个人的收入一家人花，如果双方父母年迈，可能是两个甚至三个家庭花，终有一天会不堪重负。

如果男人挣钱能力很强，你不工作，完全依仗他，而他的身边多的是美貌又有工作能力的年轻女性，百花丛中难免招蜂引蝶，时间久了，可能都不愿多看你一眼。

《我的前半生》里陈俊生爱上的凌玲，如果没有工作上对他的帮助，他还会爱她吗？

后来的罗子君如果不工作，不去学着解决一个又一个工作上的难题，贺涵会爱上她吗？

工作带给我们的不只是一份薪水！也是视野，是成长，是价值！更是一份平衡与心安！

所以，女人啊，如果你想摧毁自己，那你就不工作吧；如果你想摧毁家庭，那就不工作吧。

二婚，也可以很幸福

01

汪宝宝是货真价实的"白富美"，有颜，有钱，有才华。

大学毕业后工作不久，她就出来打拼，并有了属于自己的公司。在她的精心打理下，公司也是有声有色。

先生是她大学同学，事业稳定后，他们便结婚生子。

认识她的人都好羡慕她。有颜的，不如她有才华；有才华的，不如她有钱；有钱的，不如她有颜；有事业的，不如她爱情美满；有爱情的，不如她事业理想。

我们每次见到她的时候，发现她都是笑盈盈的；每次听她跟朋友打电话，都是温柔可亲的；每次看她朋友圈的照片，都是万般妩媚的。

可是，这样的她却还是逃脱不了遭背叛的命运。婚后四年，老公背叛了她，最终痛下决心，选择了离婚。

她说："**我可以选择原谅，但我无法再做到信任。而一段没有以信任为基础的婚姻，充满怀疑和猜测，这样的婚姻还要来做什么？**"

02

离婚后，她更多地以工作来填充自己，并积极参加一些慈善活动，把自己的爱分享给更多的孩子和老人。

虽然离婚，但她的身边从来不乏各类追求者，有政府公务员，有企业高管，也有公司老板，但她都没有看上。不是因为他们没有钱、没有才华，也不是因为他们不够帅气、不够浪漫，或者，嫌弃他们不够有内涵、有品位。统统都不是。只是，在这些人身上，她看到了他们透出来的浮躁。

而此刻她想要的，是安定与沉稳。

她希望有一个人，能读懂她灿烂笑容下的疲惫；能在她辛苦的时候，发自内心地心疼她、守护她；能像个真正的男人一样，有担当，能像爱她一样爱她的孩子和家人。

如果真能遇见这样的人，她愿意再爱一次，再嫁一次，再生一次。

03

前几天朋友聚会，多日不见的汪宝宝出现时，着实让大家吓了一跳。

曾经不化妆不露面的精致女人竟然穿着一件宽松的休闲装，平底鞋，没有粉底，没有眼影，素颜现身。大家像见了明星似的过来围观。没错，没有任何修饰，连指甲油都洗得不留一丝痕迹。

大家呆呆地望着她，等待一个解释。她只是淡淡地说，她现在养生，想过健康的生活。席间，她更是滴酒不沾。

鬼才信她只是为了养生。

在大家的拷问下，她只得承认，她怀孕了，已经领证，只是还没有摆酒席。

是什么样的男人赢得了她的芳心，让她愿意再爱一次、再嫁一次、再生一次呢？

在一次慈善爱心活动中，她遇见了同为志愿者的马先生，他们几次回眸四目相对，互生好感。

马先生也是离异，前妻和儿子在国外生活。虽为企业高管，但他目前的经济生活并不理想，大房子给了前妻，小房子自己住。

为了让汪宝宝有安全感，他硬是卖掉了这个小房子，重新买了一套，只写了汪宝宝的名字。

为了让她更方便照顾父母，他把他们从老家接过来，并安排她的父亲在自己的公司上班。

为了避免孩子跟着她的前夫生活会辛苦，他愿意跟她一同抚养孩子，并承诺以后也可以送孩子去国外读书。

当一个男人真心爱你的时候，他会替你考虑很多事，愿意分担你生活中的各种顾虑和烦恼，他会爱你的家人就像爱你一样。他把你看得比自己还重要，生怕你不开心而离开他的生活。

04

遇见错的人，头婚也未必如意。

遇见对的人，二婚也可以很幸福。

经常听人说，女人二婚会惨不忍睹，年龄大了，有一段婚史，还可能有个孩子，给自己再婚带来了一定的麻烦。那只能说明，你遇见的那个人不够爱你。

我身边有两个很好的朋友，都是二婚，却过得比头婚还幸福。

A 姑娘离婚后，她嫁给了她现在的先生（头婚），男人对她跟前夫生的孩子视如己出。孩子从出生到成长，前夫及家人都没有怎么过问，所以在这个三岁的儿子观念里，这个男人才是他的爸爸。

A 姑娘很欣慰，她觉得如果不能给这个男人生个孩子，她心有愧疚。前两天得知，她怀孕了。先生怕她太辛苦，便让她辞职回家养胎。

我的另一个朋友，跟前夫离婚后嫁给了当初追了她十年的男人（头婚）。是的，十年。十年后，女人离婚了，他依然爱她，依然视她如宝。当然，女人离婚并不是因为他，他并不是第三者，如果是，那女人早就该嫁给他了。

特别让我感动的是，我的朋友身体一直不好，目前不能生育，虽然求医问药多年，但一直没有起色。男人是家里的独子，工作也不错，父母虽然几次催促，让他们早点儿要孩子，但都被他挡了回去。他说他暂时不想要孩子，他也不怎么喜欢小孩。他把所有的压力，都转移到自己肩上，从来不让妻子承担。他说，如果有了就要，没有，就跟她两个人生活一辈子，这样也很好。

我谈到的这两位女性朋友，只是普通人，但在爱她们的人眼里，她们却是最美丽的，是值得被深爱的，这已经足够了。

05

也有人曾经写文章说，女人嫁给二婚男人会有各种惨不忍睹，并以张爱玲等为例。

其实，无论女人是自己二婚，还是嫁的男人是二婚，这都不重要。重要的是你们彼此相爱。

二婚的女人或男人，更加懂得自己需要什么样的人或者什么样的人更适合自己。从这个层面来说，他们更谨慎，更懂得珍惜和包容，

也更容易把握幸福。

在我的读者中，有些朋友离异，可能跟前夫或前妻还有了孩子。有时，我会看到他们对生活、对未来失去了信心。其实真的大可不必。亲爱的，请记得，二婚也可以很幸福。努力找到自己身上的优点，总有那个懂得欣赏你的人。

任何时候，重新来过都不晚！

婚姻里的"傲娇"是种病，得治

01

因为写作的关系，我认识了一位副总裁。

或许在很多人眼里，一个男人在职场上做到这么高的职位，在家里应该是油瓶倒了都不用扶的。

但他不是这样。

跟很多普通家庭的男人一样，他需要每天接送儿子上学放学、洗碗、帮儿子洗澡等等。

每天我们在群里聊天的时候，他不时丢出一句："我要去干活儿了，要不，要挨老婆骂了。"

有人开玩笑说他是"炮耳朵"（就是耳根子软，怕老婆的意思）。他却不以为然。

他说一个男人要听两个人的话：一是上司的，二是老婆的。他从来不觉得一个男人听老婆的话是一种丢颜面的事，相反，他乐在其中。

没错，一个男人在职场上无论有多"傲娇"，都不应该把这种气焰带到家庭生活里，带到婚姻里。这样的"傲娇"是种病，得治！否则，它将影响家庭的幸福、夫妻的和睦，让婚姻染上"恶疾"！

02

我的老板也是这样一位在家庭里不"傲娇"的男人。

家里的大小事务，他都会管。平时家里有老人或钟点工做饭，但周末或假期，他都尽量陪家人一起买菜。家里的水电煤气费用，都是他去交钱。外孙女生病了，他都会抱着跑前跑后。

是的，在家里，他就是一个普通的丈夫，一个普通的父亲。

很多男人，如果在事业上有点小成就，就开始做甩手掌柜，但他不是。

他太太是一名老师，只要每天去上课，偶尔帮学生补课就好，下班了就去打乒乓球。家里的事情，有老人帮忙，也有他支撑着。

他有时会工作很晚回家，他也会嘱托家人："你们早点儿吃完休息，不要等我，我回来随便吃点就行了。"

或许，你会说，他有钱，又有老人、钟点工帮忙，当然脾气好。而你，还没有达到这种程度。

事实上，**我想说，在婚姻里，是否"傲娇"跟钱真的没有什么关系，而跟你是否在乎家庭、在乎家人的感受有关。毕竟，你事业上的所有努力，都是为了家人生活得更好，不是吗？**

03

以前认识一位大学教授，与妻子同在一所大学授课。他们的爱情令众人艳羡。

男人是博士，女人是硕士（早先的硕士还能进高校）。男人是教授，女人是讲师。在校园里，他们如初恋情侣。

有一次，听他在电话里用训斥的语气在跟某人讲话。转而，又接到一个电话，马上柔风细雨。

不用猜，前者是他的学生，后者是他的妻子。

对他这前后判若两人的表现，大家拿来调侃时，他面带微笑，得意地说："我怎么可能对我老婆那么凶呢？"

他不认为这是一个男人怕老婆的表现，因为这是爱。虽然在学术水平上他远远超出了他的老婆，但在老婆面前，他没有一点"傲娇"。

结婚多年，他从不让老婆沾手厨房，他说，有他在，老婆不需要做饭。

小女儿每次撒娇想要妈妈背的时候，他都不让，他说："妈妈身体不好，爸爸背。"

这个男人虽然没有我的老板有钱，但他有爱！一个内心有爱的男人，是不会在最亲近的家人面前"傲娇"的。

结婚多年，他们也从未有过口角。

04

任何"傲娇"，都会让爱人心门上锁，哪怕你是女王。

有一次，伊丽莎白女王与丈夫吵架，菲利普亲王生气地回房间，并锁上了门。伊丽莎白让他开门，他就是不开。

亲王问："谁在敲门？"女王回答："英国女王。"亲王没开。

亲王又问："谁在敲门？"女王回答："伊丽莎白二世。"亲王还是没有开门。

亲王再问："谁在敲门？"女王回答："**你的妻子**。"这时，亲王把门打开了。

这个故事或许很多人都听过。

在我眼里，菲利普亲王关上的不是房间之门，而是心门。

女王大人初始的傲气让菲利普亲王不愿打开心门，不愿和解，直到女王柔软地说："我是你的妻子。"

伊丽莎白女王与菲利普亲王的爱情故事仿佛一则美丽的童话。如果有机会，您可以去读一读。菲利普亲王曾经是希腊王子，为了爱情，他放弃王位继承权，放弃原先的信仰，只为跟伊丽莎白女王在一起。婚后，他也一直是女王的守护者，关爱她一生，呵护她一生。

一个女王，一个王子，在爱情或婚姻面前尚且可以放低自己，你有什么理由"傲娇"？

如果一个在职场叱咤风云的女人，在丈夫面前"傲娇"，让男人尊严扫地，那这个家庭、这个婚姻离破碎也不远了。

所以，亲爱的，放下你的铠甲，你只是他想要的温柔的妻子，一个孩子的母亲。不要让你的幸福毁在职场的光环里。

05

不管一个男人或女人在职场如何如鱼得水，都不该把这份姿态放到生活里，放到婚姻里。

一个真正懂得经营爱情、经营婚姻的人，内心是柔软的。

事实上，一个真正有能力的人，一个强大的人，在生活中是很平和的，没有架子。

相反，只有自卑的人，才会把职场上的不顺意带到家庭里，用以掩饰自己的脆弱。

我特别欣赏西方人对家人的重视。哪怕他正在跟很重要的人物谈话，但如果是接到妻子的电话，他会礼貌致歉，然后问妻子是否有急事，如果有，他就会听她讲完；如果没有，他会告诉她稍后回电话给她。而不是粗鲁地挂断电话。

　　放下你的"傲娇"吧，这样婚姻才会更幸福！

爱笑的女人最美

01

亲爱的，你多久没有发自内心地笑了？

在这个烦躁的世界，面对飞涨的房价，不涨的工资，生活的压力，工作的压力，感情的压力，你或许在想，我如何能笑得出来呢？

可是，越是如此，我们越是要绽放笑容，不是吗？

如果每天以泪洗面或紧锁眉头，就能解决所有的问题或烦恼，那我们真的其他什么事都不用做了。

可事实上，我们不能啊。眼泪可以用来宣泄感情，但无法解决问题，生活还是要继续！

我开始钦佩那些无论遇到多大的困难，都能一笑而过的人。

02

小的时候，我是个爱笑的孩子。

幼儿园过六一，每次无论是彩排还是登台演出，我总是那堆孩子里笑得最灿烂的那个。老师常常因此表扬我。是的，我到现在还记得。

那时的自己真是没心没肺，就算门牙掉了又怎样，我才不在乎呢。

谁说门牙掉了的孩子，笑起来就一定不可爱呢？

长大后，我变"淑女"了，拍照片的时候会笑不露齿，在喜欢的人面前会羞涩，在不喜欢的人面前更不会展现笑容可掬的样子。我丢掉了那个曾经没心没肺的自己。

我们总是给了自己太多的枷锁，太多的桎梏，连笑都变得那么小心翼翼。

03

我有一个闺蜜，相识多年。

她经历过人生的各种痛苦与挣扎，父母不和，与初恋男友分手，遇到爱的人，却在结婚后又遭到背叛。失意的她离开了那座伤心的城市，当她准备重新开始新生活的时候，老天再一次跟她开了一个大大的玩笑，她得了红斑狼疮。

生命遭到巨大重创，胸腔积水，呼吸困难，差一点心脏停止跳动。

这是一种无法根治的病，很长一段时间，她都在用激素药维持着生命，整个人都变了形。曾经那张精致瘦小的脸有了婴儿肥，嘴唇上方的唇毛变得明显。

后来病情得到控制，药量减少后，人渐渐恢复。可是，由于药的副作用，她股骨头坏死，一度不能正常行走，需要借助拐杖。一个人从超市买回来东西后，若无他人帮忙，不能提上楼；一个人在家，需要扶壁而行。

曾经，那个健康、机灵的她再也回不去了。

可是，她的乐观还在。无论遇到多大的困难，她都笑着面对。她说：**"我能活着，就要笑着活下去，就算被遗弃在沙漠里，我也要成为那个笑着卖绿洲的人。"**

任何时候，她都不会把负能量传递给身边的人；任何时候，她都是自己去消化，然后别人问起来的时候，她才一带而过，如此云淡风轻。

悲悲戚戚是一天，快快乐乐也是一天。

生活，不会因为你整日哭丧着脸，皱着眉，就会让你变得轻松一些。问题还在，压力还在，烦心的事一件也没有少。既然如此，

何不笑着过呢?

前些天,她跟我说,她的状况越来越好了,已经不需要拐杖了。每天去养生会所锻炼身体,每天在家做俯卧撑,现在都有腹肌了。

她的故事感染了很多人,她用自己的亲身体验去销售一些养生产品,也收到了很好的回馈。生活在一点一点地改善。

有的时候,你笑着笑着,办法就找着了;笑着笑着,压力也就挺过去了;笑着笑着,烦心的事也就淡忘了。

笑,不是没有烦恼,而是忽略了烦恼!让本不轻松的生活,变得轻松一些!

04

笑,让你更性感。

提到朱莉娅·罗伯茨,你最先想到的是什么呢?她标志性的大嘴,还有迷人的笑,对吗?据说,80% 的男人会喜欢性格外向、笑声清脆的女人。在男人眼中,爱笑、会笑的女人更性感。

笑,让你更可爱。

笑,可以缓解压力,有治愈效果。

心情不好的时候,看看笑话、小品,或者搞笑动画,放声笑一笑,心情也就明亮了。心情好了,其他才会好。所以,我们也曾听说有人被确诊癌症晚期，无法治愈，于是，他走出原先的生活，想看看外面的世界，做最后的告别。结果，出游期间，因心情大好而忘了病痛，癌细胞反而不见了。

05

我们都喜欢爱笑的人，与他们相处便多了几分自然与亲近。

你是否有过这样的经历：同是一批陌生人的照片，那个最能吸引你眼球的，可能不是长得最美或最帅的，而是笑得最灿烂的。看到那样的笑脸，你的心情也跟着愉悦起来。

我有一个朋友，有点内向，还喜欢皱眉。但是，他跟我说，他喜欢爱笑的女生。所以很多人，不管他自己是否爱笑，他都希望别人，希望身边的人是笑盈盈的。

笑，不会让你失去什么，但是会让你收获意想不到的幸福和快乐！

06

英文里有一个很经典的句子，我很喜欢，送给你：

Never frown, even when you are sad, because you never know who is falling in love with your smile.

意思是说：纵然伤心，也不要愁眉不展，因为你不知道谁会爱上你的笑容。

亲爱的，纵然有一千个理由让你失去笑容，也要有一千零一个理由让你绽放笑容！

开心就笑；不开心，就等会儿再笑。

因为，爱笑的女人最美！

男人的气度永远胜于高度

01

"男人的气度永远胜于高度。"这句话不是我说的。

林志玲在《赤壁》中跟梁朝伟合作，有媒体调侃两人的身高差。林志玲说了一句"男人的气度永远胜于高度"，再次展示了她的高情商。

坦白说，我不追星，对林志玲也没有所谓好或不好的印象。但她说的这句话，我表示认同。

在某综艺节目中，她曾公布了自己的择偶标准：浪漫、爱笑、别太白！对于外貌，只要五官好好长在脸上，身高不低于168cm，就没有太多要求，她对财富没有太高要求，更看重性格。

我迅速脑补了一下，志玲姐姐身高173cm。前男友言承旭身高180cm。不过，基于她的身高，180cm真不算高。

02

男人对于身高的敏感度，类似于女人对于腰间肥肉的敏感度吧，或者有过之而无不及，毕竟肉多可以减，身高嘛……则成了某些男人致命的痛。

其实，真不必如此介怀。

大家一起聊天的时候，动不动就有人比惨，比可怜，偶尔还有人出来秀恩爱。

秀恩爱最凶的朋友说，她先生的身高比她矮了2cm，但她不在意。**一个男人的气度、内涵会让你忘记他的身高**。真是不能再赞同了。在我认识的人里，老婆身高比自己高的男人，内涵还真不差。男人没有一定的自信、没有一定的内在是轻易不敢娶比自己高的女人的。

朋友是个性格直率的女孩，某次跟先生外出吃饭，闹了点不愉快，便当着众人的面，便扔出去一个装满水的塑料水壶，重重地砸在先生的背上，然后又重重地落在地上。

众人惊呆了。

可她先生像没事人一样，转身捡起水壶，轻轻放回到桌子上，微笑着说了句："妄图让我发火，不让你得逞，我出去抽根烟就回来。"

众人本以为剑拔弩张，一场争吵不可避免，没想到，什么都没有发生。

情商高、有气度的男人，你想跟他吵，也得对方乐意陪你玩儿。

03

读者小龙跟他女友的故事，或许能告诉你，气度对一个男人有多重要。

小龙曾有一个很爱他的女友，在他眼里，女友比家人还要懂他、疼他。渐渐地，小龙对女友产生了依赖。女友是一个很要强的女生，无论是工作还是生活，都对自己严格要求。女友的优秀加上对她情感上的依赖，小龙开始对自己越发没有自信，变得像个小气的女生。

小龙会经常发脾气，两个人动不动就会为小事吵架，每次吵架，小龙就提分手，以女友的反应来证明她是否真的爱自己。这让女友很反感。本来恋爱中的人拌嘴是件很平常的事，但你若总把"分手"二字挂在嘴边，难免会让人产生不快。

因为小龙脾气不好，所以女友无论遇到开心还是不开心的事都不再与他分享，她害怕她说的哪句话又刺痛小龙敏感的神经。

女友的工作很忙，但她特别热爱这份工作。小龙每周双休，而女友连周末时间都在加班。不管多忙多累，她都舍不得放下。上个月，女友因为痛经加上过度劳累，突然晕倒，下巴磕坏了，缝了几针。

但小龙却一句安慰的话都没有。

女友心很痛，因为在小龙那里从来得不到理解和包容。筋疲力尽的她终于提出了分手。

小龙为自己没有气度的行为懊恼不已。

相信经历过一些人和事，他会渐渐懂得如何去守护一段感情，如何让自己变得成熟、淡定、有气度。

04

曾经我也遇到过一个有高度没气度的男生。认识时间很短，没有确立男女朋友关系，只是互有好感。

其实我是能感觉到他喜欢我的。只是我发现他不够温和，容易急躁。

某次 QQ 聊天，因为某个问题，我们意见出现了分歧。我还没说什么，等我再发信息要表达想法时，发现已经被他拉黑了。第一次被一个有可能成为男朋友的人拉黑，内心真是无比崩溃。

几天后，他又要求加我好友，虽然我心有不悦，但什么都没有说，很爽快地加了他。

但是，同样的命运，第二次又被拉黑。

当他第三次要加我时，我迟迟没有加他。我脾气再好，可以容忍一次两次，但没有三次四次。我不想自己的包容被别人理解成没有底线。一个人脾气好，不是没有脾气，只是不轻易发脾气。

我需要的是一个有包容心、温和、有气度的人，而不是一言不合就拉黑我的人。不管是朋友，还是我将要爱的人。

一言不合就拉黑或提分手的人，结婚以后便会一言不合就提离婚。

无论亲情、友情、爱情，双方有分歧是一件再正常不过的事，互相妥协、彼此让步才有可能走得更远。

想来，志玲姐姐看重的，没有错！

一个没有气度的男人，长得再高，都是个矮子。

05

里约奥运会上，马克·霍顿对中国运动员孙杨进行人身攻击，他拿到了自由泳冠军又如何？他只是个思想上的矮子，一个失败者。金牌也无法遮挡他那张丑陋无比的脸。

一个有气度的男人，即便不高，也是一个值得被爱与尊重的人。

一个男人的帅不在脸蛋，也不在他有多伟岸，而是在岁月积淀下来的睿智与淡定。而一个有气度的男人便拥有这份睿智与淡定。

那些在生活中，抑或在事业上能够蓬勃发展的男人，很少是没有气度的。气度决定格局。正如我们所看到的真正的大师，都是那样的谦谦君子，永远谦卑。

愿你也是一位有气度、有格局的人。